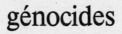

génocides

THOMAS DISCH | *ŒUVRES*

THOMAS DISCH

génocides

traduit de l'américain par Guy Abadia

Éditions J'ai Lu

Ce roman a paru sous le titre original :

THE GENOCIDES

LE FILS PRODIGUE

Tandis que les étoiles, les plus faibles d'abord puis les plus brillantes, s'effaçaient pour faire place à la lumière de l'aube, la masse gigantesque de la forêt qui entourait le champ de maïs retint quelque temps encore l'obscurité compacte de la nuit. Une brise légère venue du lac faisait bruire les feuilles du jeune maïs, mais la forêt sombre n'exhalait aucun bruit. Bientôt, sa haute muraille s'auréola à l'est d'une lueur grisâtre, et les trois hommes qui attendaient dans le champ surent, bien qu'il fût encore invisible, que le soleil s'était levé.

Anderson cracha un jet de salive. La journée de travail venait officiellement de commencer. Il se mit à gravir la légère pente du champ vers le mur sylvestre exposé à l'est. Quatre rangées d'épis derrière lui, ses deux fils le suivaient. Neil, le plus jeune et le plus vigoureux, sur sa droite, et Buddy sur sa gauche.

Chaque homme était muni de deux seaux en bois, vides. Ils allaient torse nu et nu-pieds, car c'était le milieu de l'été. Leurs pantalons étaient déchirés. Anderson et Buddy avaient des chapeaux tressés en raphia grossier et à larges bords. Neil avait des lunettes de soleil mais pas de chapeau. Elles étaient très vieilles et le milieu de la monture avait été brisé et raccommodé avec de la colle et une fibre de même nature que celle dont étaient faits les chapeaux.

Buddy fut le dernier à atteindre la crête. Son père l'attendait en souriant. Et lorsque Anderson souriait, ce n'était jamais très bon signe.

— Tu as encore mal d'hier?

— Ça va. La douleur ne revient que lorsque je travaille.

Neil se mit à rire :

— Il veut dire que ça le travaille de se mettre au boulot. Pas vrai, Buddy?

Buddy ne répondit pas. Il appréciait rarement les plaisanteries plus que douteuses de son demi-frère.

— Tout le monde doit s'y mettre, déclara Anderson, laconique de nature.

Les trois hommes se mirent au travail. Buddy retira une cheville de son arbre et inséra un tube de métal à la place. Sous ce robinet improvisé, il accrocha l'un de ses seaux. Arracher la cheville était un travail difficile, car elle était en place depuis une semaine. La sève, en séchant tout autour, l'avait scellée à l'arbre. L'effort lui semblait toujours durer juste assez longtemps pour raviver et entretenir la douleur — dans ses doigts, ses poignets, ses bras, son dos — sans jamais lui laisser le temps de s'éteindre.

Avant la terrible tâche qui consistait à porter les seaux, Buddy s'attarda à contempler la sève qui sortait du tuyau en un mince filet de mélasse verdâtre. Elle coulait doucement, aujourd'hui. Avant la fin de l'été, l'arbre serait mort et prêt à être abattu.

Vu de près, il n'avait d'ailleurs pas tellement l'apparence d'un arbre. Son enveloppe extérieure était lisse, comme une tige de fleur. Un arbre véritable de cette dimension aurait fait éclater cette enveloppe sous la pression de sa propre croissance, et son tronc aurait été recouvert d'une écorce rugueuse. Dès que l'on s'enfonçait un peu dans la forêt, on trouvait de tels arbres, énormes, qui avaient atteint la limite de leur croissance et commençaient enfin à produire une sorte d'écorce. Du moins leur tronc, s'il était encore vert, n'était-il plus humide au toucher comme celui-ci. Ces arbres, ou Plantes, comme les appelait Anderson, atteignaient deux cents mètres de haut et leurs feuilles étaient gigantesques. Ici, à la limite du champ de maïs, la futaie était plus récente — deux ans à peine — et la plus haute cime ne dépassait pas une cinquantaine de mètres.

Mais comme au plus profond de la forêt, le soleil qui filtrait à midi à travers le feuillage n'avait pas plus de consistance qu'un clair de lune par une nuit de brume.

— Un peu plus vite ! cria Anderson.

Il était déjà au milieu du champ avec ses deux seaux pleins, et la sève débordait également de ceux des autres. *Pourquoi ne peut-on jamais prendre le temps de penser ?* se dit Buddy. Il enviait Neil et la faculté viscérale qu'il avait de vivre au jour le jour et de faire tourner la roue de sa cage sans jamais se poser de questions.

— Voilà ! (C'était la voix éloignée de Neil.)

— Voilà ! cria à son tour Buddy, reconnaissant à son demi-frère de s'être laissé surprendre dans ses propres pensées, quelles qu'elles fussent au demeurant.

Des trois hommes qui traversaient le champ de maïs, Neil était sans aucun doute celui qui bénéficiait du meilleur physique. A part un menton fuyant qui donnait une fausse impression de faiblesse, il était vigoureux et solidement bâti. Il dépassait son père et Buddy, tous deux courts de stature, d'une bonne quinzaine de centimètres. Ses épaules étaient bien plus larges, son torse plus vaste et sa musculature plus épaisse, quoique de contexture moins serrée que celle d'Anderson. Cependant, il n'y avait en lui aucune économie de mouvements. Lorsqu'il marchait, il avait une allure dégingandée; et lorsqu'il restait en place, ses épaules avaient tendance à s'affaisser. S'il supportait mieux que Buddy le poids de la journée de labeur, c'est qu'il était mieux armé. En cela, il tenait de la brute. Neil était un homme borné; et pis que borné, il avait un fond indubitablement mauvais.

On ne peut pas lui faire confiance, pensa Buddy. *C'est un homme dangereux.* Il coupa à travers la plantation de maïs, un seau plein à ras bord dans chaque main et le cœur empli de ces pensées amères. Il y puisait une sorte de force et, quelle qu'en fût la source, il avait besoin de toutes celles qu'il pouvait réunir. Le petit déjeuner avait été plutôt léger et le repas de midi, il le savait, ne comblerait pas son attente. Quant au dîner, ce n'était pas la peine d'en parler.

Même la faim, il l'avait constaté, créait sa propre force : la volonté farouche d'arracher un peu plus de nourriture au sol, et un peu plus de sol à la Plante.

Il avait beau prendre toutes les précautions possibles quand il marchait, la sève éclaboussait les jambes de son pantalon et le tissu en loques lui collait aux mollets. Un peu plus tard, lorsqu'il ferait plus chaud, il aurait le corps tout couvert de sève. Elle formerait une croûte en séchant et, à chaque mouvement qu'il ferait, le tissu durci lui arracherait un par un tous ses poils englués. Dieu merci, le corps ne possédant qu'un nombre compté de poils, le pire était passé maintenant. Mais il y avait toujours les mouches qui s'agglutinaient sur sa peau pour se régaler de sève. Il avait horreur des mouches, dont le nombre ne semblait pas limité.

Lorsqu'il atteignit le bas de la déclivité et se retrouva au milieu du champ, Buddy posa un de ses seaux à terre et commença à verser le contenu de l'autre au pied des jeunes plantes assoiffées. Chacune recevait quotidiennement sa ration d'épais liquide nourricier. Et les résultats étaient considérables. On n'était qu'au début de juillet, et déjà de nombreuses tiges dépassaient la hauteur de ses genoux. N'importe comment, le maïs aurait trouvé dans l'ancien lit du lac un sol approprié; mais grâce à la sève volée, le rendement avait augmenté au point que l'on se serait cru, au lieu du Minnesota septentrional, en plein centre de l'Iowa. De plus, ce parasitisme forcé avait un autre avantage : à mesure que le maïs se développait, la Plante qui lui donnait sa sève dépérissait. Chaque année, la limite du champ pouvait être ainsi repoussée un peu plus loin.

L'idée d'opposer le maïs à la Plante était due à Anderson, et chaque tige du champ témoignait de l'exactitude de son jugement. En contemplant les longues allées, le vieillard se sentait l'âme d'un prophète en présence de sa prophétie réalisée. Il ne regrettait qu'une seule chose, c'était de ne pas y avoir pensé plus tôt, avant la diaspora de son village, avant la victoire de la Plante sur sa propre ferme et celles du voisinage.

Mais cela faisait désormais partie d'une époque révolue, d'un passé juste bon à alimenter les veillées d'hiver dans la salle commune, alors qu'ils avaient tout le temps d'évoquer des souvenirs futiles. Pour le moment et jusqu'à la fin de cette longue journée, le travail ne manquait pas.

Anderson chercha du regard ses deux fils. Ils n'avaient pas encore fini de répandre le contenu de leur deuxième seau.

— Dépêchez-vous un peu ! leur cria-t-il.

Puis il reprit avec ses deux seaux la direction de la forêt. Un sourire vide et sans joie, un sourire de prophète, flottait sur ses lèvres. A travers ses chicots noircis, il cracha le jus de la Plante qu'il était en train de mâcher.

Il haïssait la Plante, et cette haine lui infusait de la force.

Les trois hommes peinèrent au soleil jusqu'au milieu du jour. Les jambes de Buddy tremblaient sous l'effort et le manque de nourriture. Mais chaque voyage à travers les allées de maïs était plus court et, lorsqu'il retournait à la Plante, il y avait un moment (chaque fois un peu plus long que le précédent) où il pouvait se reposer, en attendant que ses seaux fussent remplis.

De temps à autre, bien qu'il en détestât la saveur vaguement anisée, il trempait son doigt dans le seau et léchait la mélasse aigre-douce. Cela ne nourrissait pas mais aidait à calmer la faim. Il aurait pu, à l'instar de son père et de Neil, mâcher la pulpe tirée du phloème du tronc. Mais le fait de chiquer lui rappelait trop l'existence à laquelle il avait voulu échapper, une dizaine d'années auparavant, lorsqu'il avait quitté la ferme paternelle pour la ville. Sa tentative avait échoué, aussi sûrement que les villes elles-mêmes s'étaient effondrées. Finalement, comme dans la parabole, il aurait bien voulu se rassasier des caroubes que mangeaient les pourceaux, et il avait repris le chemin de Tassel et des bras de son père.

Comme il se doit, le veau gras avait été tué et, si son retour avait été une parabole, tout se serait terminé pour le mieux. Mais c'était sa vie, et il était, au fond du cœur, un prodigue; et il y avait des moments où il regrettait de ne pas être mort pendant les grandes famines des villes.

Dans un conflit entre la faim du ventre et les prédilections de l'esprit, le ventre a toutes les chances de l'emporter. La révolte du fils prodigue s'était réduite à des idées fixes et des expédients de langage : un refus obstiné d'utiliser certains mots trop rustres, un mépris marqué pour la musique folklorique, l'horreur de la chique et une irréductible aversion pour le cambrousard, le péquenot et le cul-terreux. En un mot, pour ce qu'était Neil.

La chaleur et la lassitude de son corps conspirèrent à aiguiller ses pensées sur des chemins moins troubles et, tout en contemplant les seaux qui s'emplissaient lentement, il se remémora des images d'un autre monde. De Babylone, la grande cité.

Il se rappela comment, la nuit tombée, les rues se transformaient en fleuves de lumière sillonnés par d'immenses cortèges de voitures brillantes. Heure après heure, le bruit persistait et les lumières refusaient de faiblir. Il y avait les drive-in ou bien, lorsqu'on était moins riche, les Luna-Parks. Des filles en short venaient vous accueillir à la portière de votre voiture. Parfois, les shorts étaient bordés de petites franges scintillantes qui battaient des cuisses bronzées.

L'été, lorsque les culs-terreux travaillaient à la ferme, il y avait les plages illuminées, et sa langue desséchée se replia dans sa bouche lorsqu'il se rappela comment, dans le labyrinthe des fûts de pétrole vides qui servaient de flotteurs au plongeoir, il avait embrassé Irène. Ou une autre. Les noms importaient peu maintenant.

Il fit un autre voyage et, tandis qu'il abreuvait le maïs, il se remémora ces noms qui n'avaient plus d'importance. Oh! les filles, ce n'était pas cela qui avait manqué, à la ville! Il suffisait de se mettre à un carrefour et, en une heure, des centaines et des centaines

10

passaient devant vous. On parlait même d'un problème de surpeuplement à l'époque.

Des centaines et des milliers de gens!

Il se rappelait la foule entassée dans l'auditorium d'hiver du campus universitaire. Il mettait une chemise blanche pour s'y rendre. Le col fermé lui enserrait le cou. En imagination, il fit le geste de nouer une cravate en soie. Unie ou à rayures? Il pensa aux boutiques regorgeant de costumes et de vestons. Toutes les couleurs! La musique! Les applaudissements!

Mais le plus difficile, pensa-t-il, en se reposant à nouveau près de la Plante, *c'est qu'il ne reste plus personne à qui parler.* La population de Tassel s'élevait en tout à deux cent quarante-sept personnes. Et parmi elles, il n'y en avait pas une seule qui pût comprendre Buddy Anderson. Un monde avait été perdu, et ils ne s'en apercevaient même pas. Ce n'était pas leur monde à eux, mais ç'avait été, pendant quelque temps, celui de Buddy. Et il était irremplaçable.

Les seaux étaient de nouveau pleins. Il les souleva par leur anse et reprit le chemin de la plantation. Pour la centième fois ce jour-là, il marcha sur les concrétions de tissu chancreux qui s'étaient formées à la place de la Plante dont la sève avait irrigué le maïs l'année dernière. Mais son pied nu se posa sur le bois lisse à l'endroit où s'étalait une petite flaque de sève visqueuse. Alourdi par le poids des seaux, il ne put conserver son équilibre. Il tomba en arrière, et le contenu des seaux se répandit. Il resta allongé par terre tandis que la sève coulait sur sa poitrine et le long de ses bras et que les mouches s'agglutinaient sur lui par myriades.

Il n'essaya pas de se relever.

— Eh bien! ne reste pas comme ça, lui dit Anderson qui s'était approché. Il y a du travail.

Il lui tendit la main, en un geste plus charitable que ses paroles, pour l'aider à se remettre debout.

Lorsque Buddy remercia son père, il y avait dans sa voix un tremblotement à peine perceptible.

— Tu n'as pas de mal?

— Je ne crois pas.

Il tâta son coccyx qui avait heurté la partie dure de la souche, et fit la grimace.

— Alors, va te débarbouiller un peu dans le ruisseau. De toute façon, il est bientôt l'heure d'aller manger.

Buddy fit un signe d'acquiescement. Après avoir ramassé les seaux (il était surprenant de voir à quel point tous ses gestes étaient devenus mécaniques), il prit un sentier qui menait à travers la forêt au cours d'eau où les gens du village allaient puiser leur eau. Jadis, un peu plus à l'intérieur des terres, ç'avait été une vraie rivière : la rivière Gooseberry. Il y avait seulement sept ans de cela, toute la région — champs, forêt et village — avait été recouverte de quatre à cinq mètres d'eau. Mais la Plante avait tout bu. Et le processus continuait : chaque jour, la rive nord du lac Supérieur reculait vers le sud de quelques centimètres, bien que la vitesse de récession semblât maintenant en diminution du fait que la majorité des Plantes avaient atteint leur limite de croissance.

Il retira ses vêtements englués et s'allongea dans le lit du cours d'eau, laissant l'eau tiède courir sur son corps et laver la poussière, la sève et les mouches mortes qui s'étaient collées à lui comme du papier tue-mouches. Il retint sa respiration et laissa glisser langoureusement sa tête dans l'eau jusqu'à ce qu'elle fût totalement immergé.

Les oreilles dans l'eau, il entendait certains bruits plus distinctement : les galets que son dos déplaçait dans le lit du ruisseau et, plus éloigné, un autre bruit, un grondement sourd qui se transforma, beaucoup trop rapidement, en un martèlement distinct. Il reconnaissait ce bruit. Et il savait qu'à cette heure-ci il n'aurait pas dû l'entendre ici.

Il sortit sa tête de l'eau juste à temps pour apercevoir la vache lancée à fond de train dans sa direction — juste à temps aussi pour qu'elle l'aperçoive. Gracie franchit le ruisseau et ses sabots de derrière retombèrent à quelques centimètres de la cuisse de Buddy. Puis elle s'éloigna dans la forêt.

D'autres suivaient. Buddy les compta à mesure qu'elles franchissaient le ruisseau dans un jaillissement d'écume : huit... onze... douze. Sept Hereford et cinq Guernesey. Elles y étaient toutes.

Le beuglement décidé d'un taureau emplit l'air et Studs, le puissant Hereford roux du village, apparut. Il contempla Buddy d'un air de tranquille défi, mais ayant mieux à faire que de régler d'anciennes querelles, il s'élança à la poursuite du troupeau.

Que le taureau eût quitté son enclos revêtait une importance particulière du fait que toutes les vaches étaient pleines et que les assauts d'un taureau furieux risquaient de ne pas arranger les choses. La nouvelle était surtout grave pour Neil qui était responsable de Studs. Il risquait d'être fouetté. Ce n'était certes pas cela qui aurait fait verser des larmes à Buddy, mais il était sérieusement inquiet pour les bêtes. Il se dépêcha d'aller récupérer son pantalon, encore tout gluant de sève.

Avant qu'il ait eu le temps d'enfiler son vêtement, Jimmy Lee, le cadet des deux demi-frères de Buddy, déboucha de la forêt sur les traces du taureau. Son visage était rouge d'excitation et, au moment même où il annonça la catastrophe : « Studs s'est échappé ! », un sourire se dessina sur ses lèvres.

Les enfants — et Jimmy ne faisait pas exception à la règle — éprouvent une diabolique attirance pour tout ce qui vient apporter le désordre dans le monde des adultes. Ils rêvent de tremblements de terre, de tornades et de taureaux échappés.

Il ne ferait pas bon, songea Buddy, que leur père vît ce sourire. Car chez Anderson, le temps aidant, l'attrait secret des puissances de destruction s'était mué en une hostilité farouche et dépourvue d'humour à l'égard de ces mêmes puissances, en une détermination fière et impitoyable, aussi impitoyable, à sa façon, que l'ennemi qu'elle avait à vaincre. Et rien n'aurait pu provoquer plus sûrement le courroux d'Anderson que la vue de ce sourire équivoque sur les lèvres de son dernier-né et aussi (comme on le supposait communément) son préféré.

— Je préviendrai Père, déclara Buddy. Continue à courir après Studs. Où sont tous les autres ?

— Clay essaie de rassembler tous les hommes qu'il peut trouver et Lady, Blossom et les autres femmes empêcheront les bêtes de s'approcher du maïs si elles vont dans cette direction.

Sans ralentir, Jimmy avait lancé ces renseignements par-dessus son épaule tout en trottant sur la piste tracée par le troupeau.

C'était un brave petit, ce Jimmy Lee; et intelligent comme tout. Dans l'ancien monde, Buddy en était sûr, il serait lui aussi devenu prodigue. C'étaient toujours les meilleurs qui se révoltaient. A présent, s'il survivait, il aurait de la chance. Tous auraient de la chance.

Après avoir accompli son travail de la matinée, Anderson contempla son champ et vit que tout allait bien. La moisson venue, les épis ne seraient peut-être pas aussi épais et juteux que dans l'ancien temps. Ils avaient laissé pourrir les sacs de graines hybrides dans les silos abandonnés de Tassel. Les variétés hybrides donnaient le meilleur rendement, mais elles étaient stériles. L'agriculteur ne pouvait plus s'accommoder de tels raffinements. La qualité qu'ils utilisaient maintenant était beaucoup plus proche génétiquement parlant de l'ancien maïs indien, le *zea mays* des Aztèques. Toute la stratégie d'Anderson dans sa lutte contre la Plante usurpatrice était basée sur le maïs. Le maïs était devenu la vie de son peuple : c'était son pain et sa viande en même temps. L'été, Studs et ses douze épouses pouvaient se contenter des fibres tendres que les enfants raclaient sur la tige des Plantes, ou paître les jeunes pousses au bord du lac; mais lorsque l'hiver venait, le maïs faisait subsister le bétail tout comme les habitants du village.

Le maïs prenait soin de lui-même aussi bien qu'il prenait soin des autres. Nul besoin d'une charrue pour retourner le sol : un bâton pointu suffisait pour gratter la terre et y déposer les quatre graines et le petit tas d'excréments qui serait leur première nourriture. Rien d'autre ne donnait un meilleur rendement à l'hectare. Seul le riz avait autant de qualités nutritives. Aujourd'hui, la terre était un enjeu. La Plante exerçait une

14

inlassable pression sur les champs de maïs. Chaque jour, les jeunes enfants du village devaient parcourir les allées du champ pour arracher les pousses jaunâtres qui en une semaine pouvaient atteindre la taille d'un baliveau, et en un mois la grosseur d'un érable adulte.

Maudite soit-elle! pensa Anderson. *Puisse Dieu la maudire à jamais!* Mais ce genre de malédiction perdait une bonne part de sa force du fait qu'il était obligé d'admettre qu'à l'origine c'était Dieu qui avait envoyé la Plante. Que les autres parlent des espaces extraterrestres tant qu'ils voulaient. Anderson, lui, savait que c'était ce même Dieu courroucé qui, une fois déversé le déluge du ciel sur une terre corrompue, avait créé et semé la Plante. Il ne commentait jamais cela. Là où Dieu savait se montrer si persuasif, pourquoi Anderson eût-il fait entendre sa voix? Cela faisait sept ans ce printemps que la Plante avait fait son apparition. Au mois d'avril 1972, brusquement, un milliard de spores, visibles seulement sous les plus puissants microscopes, avaient recouvert la planète tout entière, dispersées par la main d'un semeur invisible (et quel microscope, téléscope ou radar pourrait rendre Dieu visible?), et, en quelques jours, chaque pouce de terrain, sols cultivés et déserts, jungles et toundras, avait été revêtu d'un tapis du plus beau vert.

Chaque année qui s'était écoulée depuis, à mesure que la population diminuait, avait acquis plus d'adeptes à la théorie d'Anderson. Comme Noé, c'était lui qui riait le dernier. Ce qui ne l'empêchait pas de haïr, de la même manière que Noé avait dû haïr le déluge et la montée des eaux.

Anderson n'avait pas toujours détesté la Plante avec autant d'intensité. Les premières années, alors que le Gouvernement venait de s'écrouler et que les fermes étaient florissantes, il avait pris l'habitude de sortir au clair de lune pour la regarder pousser. Elle le faisait penser alors à ces projections accélérées sur la croissance des végétaux qu'il avait vues à l'Institut agronomique quand il était étudiant. Il avait cru, à cette époque-là, pouvoir tenir tête à la Plante. Mais il s'était trompé. L'infernal végétal lui avait arraché sa ferme des mains tout comme il avait arraché le village à son peuple. Mais, par Dieu tout-puissant, il récupérerait sa terre. Pouce par pouce. Même si pour cela il fallait déraciner chaque Plante de ses mains nues.

En de tels instants, Anderson était aussi conscient de sa force et de la puissance de sa résolution qu'un jeune homme est conscient des appels de la chair ou une femme de l'enfant qu'elle porte. C'était une force animale, et la seule force capable de le faire résister à la Plante. Anderson ne l'ignorait pas.

Il vit son fils aîné émerger de la forêt en criant. Lorsque Buddy courait, Anderson savait qu'il se passait quelque chose de grave.

— Que dit-il ? demanda le vieillard à Neil. (Bien qu'il ne voulût pas l'avouer, son ouïe commençait sérieusement à faiblir.)

— Il dit que Studs est parti à la poursuite des vaches. Ça me semble une histoire de fous.

— Prie le Seigneur pour que ce ne soit pas vrai, répliqua le vieillard, et son regard tomba sur Neil comme une masse d'acier.

Il lui ordonna de retourner au village pour veiller à ce que les hommes n'oublient pas dans leur précipitation de se munir de cordes et d'aiguillons. Puis, accompagné de Buddy, il suivit les traces très nettes du troupeau. Ce dernier avait environ dix minutes d'avance, selon les estimations de Buddy.

— C'est trop, dit Anderson, et ils se mirent à courir au lieu de trotter.

Leur progression n'était nullement ralentie par la Plante, car les troncs poussaient largement espacés et le sol était devenu si dur qu'aucune autre végétation n'y pouvait croître. Même les mousses languissaient ici, par manque de nourriture. Les quelques trembles qui tenaient encore debout étaient pourris jusqu'au cœur et n'attendaient plus qu'un coup de vent pour tomber. Les sapins et les pins avaient entièrement disparu, digérés par le sol même qui les avait nourris. Jadis, des parasites de toutes sortes avaient prospéré sur les Plantes, et Anderson avait longtemps espéré que lianes et plantes rampantes finiraient par en venir à bout. Mais c'était tout le contraire qui s'était produit et les parasites, pour une raison inconnue, étaient morts.

Les tiges géantes de la Plante s'élevaient à perte de vue, leur cime dissimulée par leur propre feuillage. Leur vert tendre, palpitant, vivant, était immaculé et la Plante, comme n'importe quelle créature dotée de vie, refusait de s'accommoder de toute autre existence que la sienne.

Il régnait dans la forêt une étrange et malsaine impression de solitude. Une solitude plus profonde que celle de l'adolescent et plus implacable que celle du prisonnier. D'une certaine manière, malgré ce déploiement de verdure et de vitalité, la forêt semblait morte. Peut-être était-ce parce qu'on n'y entendait aucun bruit. Les énormes feuilles qui la dominaient étaient trop lourdes et trop rigides de structure pour être agitées par autre chose qu'un ouragan. La plupart des oiseaux étaient morts. L'équilibre de la nature avait été si totalement bouleversé que même les animaux qu'on n'aurait jamais cru pouvoir être menacés avaient rejoint le nombre sans cesse croissant des espèces éteintes. La Plante était désormais seule dans ces forêts, et on ne pouvait échapper au sentiment qu'elle représentait une forme de vie à part, qu'elle appartenait à un autre ordre des choses. Et cela rongeait le cœur du plus fort.

— Quelle est cette odeur ? demanda Buddy.

— Je ne sens rien.

— On dirait que quelque chose brûle.

Anderson sentit un faible espoir s'éveiller en lui.

— Un incendie ? Mais leur bois ne brûle pas à cette époque de l'année. Elles sont trop vertes.

— Ça ne vient pas des Plantes. C'est autre chose.

C'était une odeur de viande grillée, mais il ne voulait pas le dire. C'eût été trop cruel, trop déraisonnable de penser qu'une de leurs précieuses vaches ait pu tomber entre les mains d'une bande de pillards.

Ils ralentirent l'allure et continuèrent prudemment, tous leurs sens en alerte.

— Je commence à sentir maintenant, chuchota Anderson.

Il tira de sa gaine le colt *Python 357 Magnum* qui était le signe ostensible de son autorité sur les citoyens de Tassel. Depuis qu'il avait été élevé à sa haute fonction (officiellement, il était le maire du village, mais dans la réalité cela représentait bien plus), on ne l'avait jamais vu sans son colt. Sa puissance en tant que symbole (le village disposait d'une réserve encore impressionnante d'armes et de munitions) tenait au fait qu'il n'était employé que pour le plus sérieux des motifs : provoquer la mort de l'homme.

L'odeur était devenue très forte. Soudain, à un détour du sentier, ils découvrirent douze carcasses. Elles avaient été entièrement réduites en cendres, mais les contours étaient encore assez distincts pour qu'on pût voir laquelle avait été Studs. Il y avait également un tas de cendres plus petit, près d'eux, au bord du sentier.

— Comment..., commença Buddy. (Mais il voulait dire *quoi*, ou *qui*, en réalité, et son père le comprit avant lui.)

— Jimmy ! hurla le vieillard, fou de douleur, en enfouissant ses deux mains dans le petit tas de cendres encore fumantes.

Buddy détourna les yeux, car un chagrin trop fort est pareil à l'ivresse : il ne convenait pas qu'il regardât son père dans ce moment-là.

Il ne reste même plus de viande, pensa-t-il en contemplant les autres carcasses. *Rien que des cendres.*

— Mon fils ! sanglota le vieil homme. Mon fils !

Il tenait entre ses doigts un morceau de métal qui avait été jadis la boucle d'une ceinture. Les bords avaient été fondus par la chaleur et le métal brûlait les doigts du vieillard. Il n'y prêtait pas attention. De sa gorge sortait un bruit continu, plus profond qu'un gémissement. De nouveau, il enfouit ses mains sous les cendres. Puis il les porta à son visage et pleura.

Au bout d'un moment, les hommes du village arrivèrent. L'un d'eux avait pris une pelle en guise de bâton. Ils s'en servirent pour enterrer sur place les cendres du

18

jeune garçon, car déjà le vent commençait à les disper-
ser sur le sol. Anderson conserva la boucle.

Tandis que le vieil homme prononçait les paroles sur
la tombe étroite de son fils, un *meuh!* retentit. C'était
celui de leur dernière vache, Gracie. Aussi, dès qu'ils
eurent dit *amen*, ils se lancèrent à la poursuite de la
rescapée. Excepté Anderson, qui rentra tout seul au
village.

Avant de se laisser rejoindre, Gracie se fit un peu
prier.

DÉSERTION

Cela faisait deux printemps qu'ils s'étaient résolus à abandonner Tassel, le vieux Tassel auquel ils pensaient encore comme à leur véritable foyer. La Plante avait pris possession (de quelle manière ? cela restait un mystère, car rien qui ressemblât à des fleurs ou à des fruits n'avait été observé) des champs environnants avec une facilité qui avait eu raison des meilleurs efforts des hommes. Ces derniers étaient beaucoup trop dispersés : leurs villes et les fermes qui les entouraient n'avaient pas été conçues pour soutenir un siège.

Durant les trois premières années, ils avaient honorablement tenu le coup (du moins le croyaient-ils) en arrosant leurs champs de produits toxiques mis au point par le Gouvernement. Chaque année, tant que le Gouvernement et ses laboratoires avaient duré, il fallait un nouveau produit. Car la Plante se forgeait de nouvelles immunités presque aussi rapidement que les substances toxiques étaient inventées. Et, même alors, seules les surfaces cultivées avaient été traitées. Dans les marécages qui bordaient les rives sauvages du lac, dans les forêts et le long des routes, la Plante croissait à l'abri de tout ennemi autre que la hache — et il y avait trop peu de haches. Partout où la Plante s'installait, il n'y avait plus assez de lumière, plus assez d'eau, plus assez de sol même pour autre chose. Lorsque l'ancienne végétation, étouffée, s'étiolait et mourait, l'érosion dénudait la terre.

Pas les terres cultivées, naturellement — pas encore.

Mais au bout de trois ans seulement, la Plante assiégeait les champs et les prés, et ce n'était plus qu'une question de temps. De très peu de temps, à vrai dire : rognant et grignotant, elle finit par tout envahir au cours de l'été de la cinquième année.

Tout ce qui restait, c'étaient ces ruines sans soleil. Buddy éprouvait un certain plaisir élégiaque à venir ici. Sans compter qu'il y avait un côté pratique : en fouillant les décombres, il découvrait quelquefois de vieux outils, de la tôle et même des livres. Toutefois, l'époque où l'on trouvait des vivres était révolue. Les rats et les pillards qui montaient de Duluth avaient depuis longtemps nettoyé le peu qu'ils avaient laissé derrière eux en gagnant le nouveau Tassel. Il renonça donc à chercher et alla s'asseoir sur les marches de l'église congrégationaliste qui, grâce aux efforts continus de son père, était l'un des derniers bâtiments de la ville encore à peu près intact.

Il se souvenait d'un arbre sur la droite, un grand chêne vénérable qui s'était dressé à l'endroit où la Plante défonçait maintenant le trottoir en bordure des anciens jardins municipaux. Au cours du quatrième hiver, ils avaient utilisé le chêne comme bois de chauffage. Et de nombreux ormes, aussi. Ce n'étaient certainement pas les ormes qui manquaient.

Il entendit, au loin, la plainte lugubre de Gracie que l'on ramenait à l'étable. La poursuite avait été trop éprouvante pour Buddy. Ses jambes l'avaient trahi. Il se demandait si les Hereford étaient maintenant éteints. Pas nécessairement car Gracie était pleine. Elle était encore jeune, et si elle donnait naissance à un mâle, il y aurait encore de l'espoir pour sa race, ne serait-ce qu'une lueur. Mais que pouvait-on demander de plus qu'une lueur ?

Il aurait voulu savoir également combien de réduits analogues à Tassel subsistaient encore. Depuis deux ans, les pillards qu'ils avaient eu l'occasion de capturer avaient représenté le seul lien entre le village et le monde extérieur. Mais leur nombre diminuait. On pouvait penser que les cités avaient fini par disparaître complètement.

Il remerciait le ciel de n'avoir pas dû assister à leur mort, car même les pauvres vestiges de Tassel avaient le pouvoir de le rendre mélancolique. Jamais il n'aurait cru attacher une si grande importance à la disparition de son village. Avant l'avènement de la Plante, Tassel avait symbolisé tout ce qu'il détestait le plus : l'étroitesse d'esprit, la mesquinerie, l'ignorance sordide et un code moral remontant au Lévitique. Et voilà qu'il le pleurait comme si c'était Carthage tombée aux mains des Romains et parsemée de sel, ou Babylone, la grande cité.

Ce n'était peut-être pas tant la mort de la petite ville qu'il pleurait, que la somme de toutes les morts qu'elle représentait. Plus de mille personnes y avaient vécu et, seules, deux cent quarante-sept d'entre elles demeuraient. Invariablement, c'étaient les meilleurs qui partaient et les pires qui restaient.

Pastern, par exemple, le pasteur congrégationaliste, et sa femme Lorraine. Ils avaient été gentils avec lui durant les années qui précédé son départ à l'Université, alors qu'il était en conflit avec son père qui voulait l'envoyer étudier à l'Institut agronomique de Duluth. Et Vivian Sokulsky, son professeur de troisième. La seule femme un peu âgée de la ville qui possédât le sens de l'humour et quelque intelligence. Et tous les autres également, toujours les meilleurs d'entre eux.

Et maintenant, Jimmy Lee. Objectivement, on ne pouvait imputer la mort de Jimmy à la Plante. Il avait été assassiné. Mais comment, ou par qui, Buddy était incapable de le concevoir. Pour quelle raison, surtout ? Et cependant, la mort et la Plante étaient si proches parentes qu'il était impossible de sentir le souffle de la première sans être persuadé qu'on voyait l'ombre de la seconde.

— Salut, lâcheur !

La voix était très fortement musicale, avec un timbre de contralto d'opérette lançant une note, mais à en juger d'après la réaction de Buddy on eût cru qu'elle était discordante.

— Salut, Greta. Laisse-moi tranquille.

Un rire éclata, un rire harmonieux et plein qui aurait atteint le dernier rang de n'importe quel balcon, et Greta elle-même s'avança, aussi harmonieuse et plantureuse que son rire qui, brusquement, cessa. Elle se campa devant Buddy comme si elle venait exposer ses griefs devant un tribunal. Pièce à conviction n° 1 : Greta Anderson, mains sur les hanches et épaules rejetées en arrière, pieds nus solidement plantés dans la poussière comme des racines. Elle méritait certainement mieux que la robe informe qu'elle portait. Avec des vêtements plus riches et des couleurs plus vives, son type de beauté pouvait surclasser tous les autres. Telle quelle, elle donnait simplement l'impression d'être un peu plus sensuelle.

— On ne te voit plus. Nous sommes pratiquement voisins de palier, tu sais...

— Sauf qu'il n'y a pas de palier.

— ... et pourtant nous ne nous rencontrons jamais. Parfois, j'ai l'impression que tu m'évites.

— Cela m'arrive, en effet. Mais, comme tu vois, cela ne réussit pas toujours. Ecoute, si tu allais t'occuper du dîner de ton mari comme une bonne petite épouse ? La journée a été pénible pour tout le monde.

— Neil a une frousse terrible. C'est sûrement ce soir qu'il va recevoir le fouet, et ne compte pas sur moi pour être à la maison — ou à la tente, si tu préfères — quand il rentrera après ça. Tout à l'heure, au village, il a voulu trafiquer la longe de Studs pour faire croire que ce n'était pas sa faute si Studs avait sauté la barrière. Je vois très bien Studs en train de franchir une clôture de deux mètres cinquante. Mais ça ne l'a pas mené très loin. Clay et une demi-douzaine d'autres l'ont vu saboter la longe. Il sera fouetté un peu plus fort maintenant.

— L'imbécile !

Greta se mit à rire :

— Je ne te le fais pas dire.

Avec une fausse nonchalance, elle s'assit sur la marche au-dessous de la sienne.

— Tu sais, Buddy, je viens souvent dans ce coin moi aussi. Je me sens tellement seule au village. Ce n'en est

23

même pas un, d'ailleurs. On dirait plutôt un terrain de camping, avec toutes ces tentes et l'eau qu'il faut aller chercher au ruisseau. Je ne peux plus y tenir. Tu sais bien ce que je ressens, toi. Tu le sais mieux que personne. J'ai toujours voulu aller vivre à Minneapolis, moi; mais d'abord, il y a eu papa, et puis... mais ce n'est pas à toi que j'ai besoin d'expliquer tout ça.

Il faisait presque sombre dans le village en ruine. Une averse d'été avait commencé à tomber sur les hautes feuilles de la Plante, mais seules quelques gouttelettes arrivaient jusqu'à eux comme un embrun venu du lac.

Au bout d'un long silence (qu'elle mit à profit pour s'accouder sur la marche où était Buddy, inclinant la tête en arrière sous le poids de ses longs cheveux blondis par le soleil, le regard perdu dans le lointain feuillage de la Plante), Greta laissa de nouveau entendre son rire merveilleusement modulé. Buddy ne pouvait s'empêcher de l'admirer pour cela. C'était comme si ce rire était sa spécialité — une note qu'elle seule, de tous les contraltos, parvenait à atteindre.

— Tu te souviens du jour où tu as versé de la vodka dans le punch, à la réception de papa ? Et où tout le monde s'est mis à danser le twist sur ces horribles disques qu'il avait ? Qu'est-ce qu'on a pu rire, ce soir-là ! Il n'y avait que toi et moi qui savions *vraiment* twister. Ce n'était pas une chose à faire. La vodka, je veux dire. Papa n'a jamais compris ce qui s'était passé.

— Jacqueline Brewster dansait très bien le twist, si ma mémoire est bonne.

— Jacqueline Brewster est une garce.

Il se mit à rire et, comme il en avait perdu l'habitude, son rire sonna dur et légèrement rauque.

— Jacqueline Brewster est morte, dit-il.

— C'est juste. Eh bien, disons qu'après nous deux c'est elle qui dansait le mieux. (Elle marqua une nouvelle pause, puis reprit avec une vivacité accrue :) Et la fois où nous sommes allés chez le vieux Jenkins... tu te rappelles ?

— Greta, ne parlons pas de ça.

— Mais c'était tellement drôle, Buddy ! La chose la

plus drôle du monde. Toi et moi en train d'y aller joyeusement sur ce vieux sofa tout grinçant. Je croyais qu'il allait s'écrouler. Et l'autre, là-haut, tellement en dehors du monde qu'il ne se doutait d'absolument rien.

Malgré lui, Buddy laissa échapper un reniflement de mépris :

— Bah ! il était sourd comme un pot.

Il avait prononcé ces mots avec un accent traînant, à la manière des paysans.

— Oh ! ce temps-là ne reviendra jamais plus. (Lorsqu'elle se tourna pour regarder Buddy, une lueur qui n'était pas seulement de réminiscence brillait dans ses yeux.) C'était toi le plus entreprenant, alors. Rien n'aurait pu t'empêcher de faire ce que tu voulais. Tu étais le roi de la bande, et moi la reine. Hein, Buddy ! Hein, que j'étais la reine ?

Elle s'empara d'une de ses mains et la serra fortement. Autrefois, ses ongles lui auraient pénétré la chair, mais elle n'avait plus d'ongles et la peau de Buddy était devenue plus dure. Il retira sa main et se mit debout.

— Arrête, Greta. Ça ne te mènera nulle part.

— J'ai bien le droit de me souvenir ? C'était comme je te le dis et tu ne peux pas prétendre le contraire. Je sais que ce n'est plus du tout pareil maintenant, et je n'ai qu'à regarder autour de moi pour m'en rendre compte. Qu'est devenue la maison de Jenkins, hein ? As-tu essayé de la retrouver ? Elle a disparu, tout simplement disparu. Et le terrain de football, où est-il ? Chaque jour, un peu plus de chaque chose disparaît. J'ai été faire un tour chez MacCord, l'autre jour. Ils vendaient les plus belles toilettes de la ville, même si ce n'était pas grand-chose. Il ne restait plus rien. Pas même un bouton de culotte. C'était comme la fin du monde. Mais je ne sais pas... peut-être ces choses-là ne comptent-elles pas, après tout. Ce sont les gens qui sont importants. Mais les meilleurs sont partis, eux aussi.

— C'est vrai, fit Buddy. C'est vrai que les meilleurs sont partis.

— A quelques exceptions près. Pendant ton absence,

j'ai vu comment cela se passait. Quelques-uns, les Douglas et d'autres, sont allés tenter leur chance dans les villes mais ce n'était qu'au tout début de la panique. Ils sont revenus, tout comme toi — ceux qui le pouvaient. Je voulais partir moi aussi, mais après la mort de maman, papa est tombé malade et j'ai dû rester pour le soigner. Il lisait tout le temps la Bible et il priait. Il me demandait de me mettre à genoux près de son lit pour prier avec lui. Mais sa voix n'était plus très bonne, aussi la plupart du temps je finissais par rester seule à prier. Je me disais que si quelqu'un m'avait vue, il aurait trouvé cela comique — comme si j'adressais ma prière à papa au lieu de Dieu. Mais à cette époque, il n'y avait plus personne pour trouver quoi que ce soit de drôle. Le rire s'était tari, comme la rivière Split Rock.

» La radio avait cessé d'émettre, à part le bulletin d'informations deux fois par jour; et qui avait le cœur à écouter les informations? Il y avait tous ces hommes de la Garde nationale qui essayaient de nous faire faire ce que le gouvernement ordonnait. La nuit où ils se sont débarrassés de la Garde nationale, Delano Paulsen a été tué, et je ne l'ai pas su pendant une semaine. Personne ne voulait me le dire parce que, quelque temps après ton départ, Delano et moi nous avions commencé à nous fréquenter. Je ne sais pas si tu l'as su. Aussitôt rétabli, papa devait nous marier. Je te jure que ce n'est pas une blague.

» Déjà, on voyait la Plante partout. Elle défonçait les routes et les conduites d'eau. L'ancienne rive du lac était un marécage, et elle en prenait lentement possession. Tout était si horrible. Par comparaison, c'est bien mieux maintenant.

» Mais le plus terrible, c'était l'ennui. Personne n'avait plus le temps de songer aux distractions. Tu étais parti, Delano était mort et papa... enfin, tu imagines. Je ne devrais pas l'avouer, mais lorsqu'il est mort j'ai été presque heureuse.

» Seulement, c'est à ce moment-là que ton père a été élu maire et a commencé à organiser vraiment tout le monde en disant à chacun ce qu'il devait faire et où il devait vivre, et je me suis dit : *Il n'y aura pas de place pour toi.* Je pensais à l'arche de Noé, parce que papa lisait tout le temps ce passage-là. Et je me disais : *Ils partiront sans toi.* J'avais une peur bleue. Je suppose que tout le monde avait plus ou moins peur. A la ville aussi, c'était la panique, d'après ce qu'on disait, avec tous ces gens qui mouraient. Mais moi, j'avais une frousse monstre. Comment expliques-tu ça ?

» C'est à ce moment que ton frère a commencé à me rendre visite. Il avait vingt et un ans et il ne présentait pas trop mal du point de vue d'une jeune fille. Excepté son menton. Mais je me suis dit : *Greta, tu as peut-être une chance d'épouser Japhet.*

— Qui ça ?

— Japhet. C'était l'un des fils de Noé. Pauvre Neil ! Il n'avait pas, lui, la moindre chance, n'est-ce pas ?

— Ça suffit comme ça avec les souvenirs, tu ne crois pas ?

— Je veux dire par là qu'il ne savait rien sur les filles. Il ne te ressemblait pas. A vingt et un ans, de trois mois ton cadet à peine, je ne crois pas qu'il lui soit jamais arrivé de *penser* aux filles. Plus tard, il m'a raconté que c'était ton père qui m'avait recommandée à lui. Imagine un peu ! Comme s'il choisissait une génisse pour son taureau !

Buddy commença à s'éloigner d'elle.

— Qu'est-ce que j'aurais pu faire d'autre, dis-moi ? Attendre patiemment ton retour ? Faire brûler une veilleuse devant ma fenêtre ?

— Tu n'as pas besoin d'une veilleuse lorsque tu portes un flambeau.

De nouveau, le rire lyrique retentit, mais empreint d'une aigreur qu'elle ne cherchait pas à dissimuler. Elle se leva et s'avança vers lui. Sa poitrine, qui avait plutôt tendance à tomber, s'était redressée de façon notable.

— Tu veux peut-être savoir pourquoi ? Non. Tu as peur d'entendre la vérité. Si je te la disais, tu n'accepterais pas de la croire, mais je vais te la dire quand même. Ton frère n'est qu'un gros tas de nouilles molles. Il est totalement incapable de se remuer.

— C'est seulement mon demi-frère, fit remarquer Buddy de façon presque machinale.

— Et pour moi, c'est seulement la moitié d'un mari.

Elle avait un sourire étrange et, comme par hasard, ils s'étaient retrouvés face à face, à quelques centimètres l'un de l'autre. Elle aurait eu seulement à se mettre sur la pointe des pieds pour que leurs lèvres se rencontrent.

— Non, fit-il en la repoussant. C'est fini. Voilà des années que tout est fini. Huit ans ont passé. Nous étions des gosses à cette époque-là. Des adolescents.

— Mon vieux, qu'est-ce que tu es devenu délicat !

Il la gifla avec assez de force pour la faire tomber en arrière, bien que, en vérité, elle parût y mettre du sien et même savourer la chose.

— Ça, dit-elle, toute musique ayant quitté sa voix, c'est le maximum que Neil soit capable de faire. Et entre nous, c'est encore lui qui y réussit le mieux de vous deux.

Buddy éclata d'un grand rire sonore et la quitta. Il sentait un peu du jeune sang d'étalon remonter en lui. Il avait oublié l'esprit dont elle était capable de faire preuve à l'occasion. La seule à qui il reste encore un soupçon de sens de l'humour, pensa-t-il. Et toujours plus belle. Qui sait si un jour ils ne pourraient pas se remettre ensemble.

Un jour.

Puis il se rappela que le moment était mal choisi pour être de bonne humeur; le sourire quitta ses lèvres. Et l'étalon s'apaisa et rentra à l'écurie.

UN BIENFAIT DU CIEL

Maryann Anderson avait tout de la souris grise : souris était la couleur de sa chevelure terne; lorsque son esprit était ailleurs, ses lèvres avaient tendance à se retrousser sur des incisives jaunies de rongeur. Pis encore, elle avait, à l'âge de vingt-trois ans, un fin duvet en forme de moustache. Elle était de courte stature, ne dépassant pas un mètre cinquante-cinq, et très maigre : Buddy, de son index et de son pouce, pouvait lui entourer complètement le haut du bras.

Même ses qualités l'apparentaient à la souris : elle était économe et industrieuse et, bien que soumise et réservée, elle avait un petit air effronté qui jadis avait dû lui donner une sorte de charme.

Buddy ne l'aimait pas. Il y avait des moments où son absence de réaction le rendait furieux. Dans l'ensemble, il avait été habitué à mieux. Mais il était aussi difficile de reprocher quoi que ce fût à Maryann que de lui découvrir quelque chose d'admirable. Buddy avait la tranquille certitude qu'elle ne lui serait jamais infidèle et, tant qu'elle veillait à ses besoins, il n'en voulait pas trop à Maryann d'être sa femme.

Maryann, pour sa part, ne pouvait pas lui rendre son indifférence. Elle était dévouée corps et âme à son mari et l'aimait d'un amour enfantin, sans espoir. Buddy avait toujours eu le don d'attirer sur lui ces sortes de dévotions mêlées d'abnégation, bien qu'habituellement il s'intéressât à un autre genre de sacrifice et que, pour ainsi dire, ses autels fussent barbouillés du sang de ses victimes. Mais il n'avait jamais tenté d'exercer une telle

29

influence sur Maryann, qui ne l'avait intéressé qu'un moment et pour une raison totalement différente.

Cela s'était passé à l'automne de la quatrième année après l'apparition de la Plante, et Buddy venait seulement de rentrer à Tassel. Un groupe de pillards, avec parmi eux Maryann, avait réussi à monter de Minneapolis. Au lieu d'attaquer, ils avaient été assez stupides pour venir au village *demander* de la nourriture. C'était sans précédent. L'unique règle en ce qui concernait les pillards était l'exécution immédiate (la faim était capable de transformer l'agneau en loup), mais une brève controverse s'éleva en raison des bonnes intentions apparentes des prisonniers. Buddy était de ceux qui étaient partisans de les relâcher, mais son père et la majorité des hommes insistèrent pour qu'ils fussent exécutés.

— Au moins, épargnez les femmes, avait demandé Buddy, encore sentimental.

— La seule femme qui partira libre sera celle que tu prendras pour compagne, avait proclamé Anderson, improvisant la loi comme toujours.

Et de manière inattendue, par simple perversité, Buddy avait été choisir l'une d'entre elles, pas même la plus jolie, et en avait fait sa femme.

Les vingt-trois autres pillards avaient été exécutés sur-le-champ.

Maryann ne parlait que si on lui adressait la parole, mais depuis trois ans qu'ils vivaient ensemble, Buddy avait réuni suffisamment de bribes de son passé pour acquérir la conviction que, en profondeur, elle n'était guère plus intéressante qu'à la surface.

Son père avait été employé de banque, simple guichetier, et elle avait travaillé un mois comme sténodactylo avant que le monde s'écroule. Bien qu'elle eût fréquenté l'école confessionnelle et, plus tard, Sainte-Brigitte où elle avait fait ses études commerciales, sa foi catholique n'avait jamais été beaucoup plus que tiède, avec quelques points chauds autour des fêtes. A Tassel, elle avait pu se rallier sans trop de problèmes à la version d'Anderson, personnelle autant qu'apocalyptique, du congrégationalisme.

Mais ce qui faisait la particularité de Maryann, ce n'était pas sa renonciation à l'église papiste. C'était la technique nouvelle qu'elle avait apportée à Tassel. Un jour, pour ainsi dire par hasard, elle avait assisté à un cours du soir de vannerie à l'Institut catholique. Quelque chose en elle, quelque chose de fondamental, avait répondu à la simplicité de cet art ancien. Elle s'était fait la main sur du jonc et sur les hautes herbes des marais, puis quand la pénurie avait commencé à se faire sentir, elle avait improvisé, dépouillant les troncs lisses de la Plante et confectionnant des lanières de ses énormes feuilles. Infatigablement, jusqu'au jour où les camions du Gouvernement avaient cessé d'arriver à la ville pour leur maigre distribution quotidienne, elle avait tressé ses paniers, ses chapeaux, ses sandales et ses paillassons. Les gens se moquaient gentiment d'elle, et elle-même considérait cette activité comme une faiblesse. Ni elle ni eux ne s'étaient avisés que c'était l'unique chose que la souris grise faisait bien, et qui lui procurait un peu plus qu'une simple satisfaction passagère.

A Tassel, Maryann n'avait plus besoin, pour ainsi dire, de mettre la lumière sous le boisseau. Sa vannerie avait considérablement transformé le mode de vie du village. Après l'été fatal où la Plante avait envahi leurs champs, les villageois (les cinq cents qui restaient) avaient réuni toutes les affaires qu'ils pouvaient emporter et avaient émigré sur la rive du lac Supérieur, à quelques kilomètres du fleuve Gooseberry. Le lac reculait à une vitesse prodigieuse, et il y avait des endroits où l'eau était à trois ou quatre kilomètres de son ancien rivage. Partout où l'eau se retirait, les pousses avides surgissaient, implantaient leurs racines, et le processus s'accélérait encore.

Cet automne-là et pendant tout l'hiver, les survivants (leur nombre, comme le niveau du lac, baissait sans cesse) s'employèrent à nettoyer tout le terrain qu'ils pouvaient raisonnablement espérer disputer à la Plante l'année suivante. Puis ils implantèrent leurs propres racines. En fait de bois de charpente, ils ne disposaient que de ce qu'ils avaient récupéré dans le vieux Tassel. Le bois de la Plante était aussi peu substantiel que celui du balsamier, et la plupart des anciens arbres avaient déjà pourri. Les gens du village avaient l'argile, mais pas la technique pour faire de la brique, et il n'était pas question d'utiliser de la pierre. Ils passèrent donc leur premier hiver dans une grande hutte de fibres végétales aux parois et au toit tressés sous la direction de Maryann. Novembre avait été glacé et misérable, mais ils se réchauffaient les doigts à tresser. Un jour du mois de décembre, tout un pan de la salle commune avait été emporté par le vent presque jusqu'à l'ancien village. Mais lorsque janvier arriva, ils avaient appris à confectionner un nouveau tressage capable de résister au blizzard le plus déchaîné; et en février, la salle commune était confortable à souhait. Il y avait même un paillasson tout neuf devant la porte.

Personne n'avait jamais regretté d'avoir accueilli l'habile souris grise au sein de la communauté. Excepté peut-être, quelquefois, son mari.

— Pourquoi n'y a-t-il rien pour dîner? demanda-t-il.

— Je suis restée toute la journée avec Lady. Elle est si bouleversée par la mort de Jimmy Lee. Jimmy était son préféré, tu le sais. Et ton père ne tente rien pour arranger les choses. Il ne fait que parler de la résurrection du corps. Il devrait savoir, depuis le temps, qu'elle ne croit pas aux mêmes choses que lui.

— Cela n'empêche pas qu'il faille manger.

— Je m'en occupe, Buddy. Ce sera bientôt prêt. Buddy, il y a une chose...

— Mon père est moins abattu, alors?

— ... que je voulais te dire. Ton père, je n'arrive jamais à savoir ce qu'il pense. Extérieurement, il est toujours le même. Il ne perd jamais son sang-froid. Neil doit être fouetté ce soir. Je suppose que tu es au courant?

— Il a ce qu'il mérite. S'il avait fermé la barrière comme il faut, tout cela ne serait jamais arrivé.

— Tout quoi, Buddy? Comment quelqu'un peut-il

être réduit en cendres comme cela, en plein milieu de la forêt ? Comment est-ce possible ?

— J'avoue que cela paraît impossible, c'est vrai. Et les vaches et Studs par-dessus le marché. Sept tonnes de bœuf entièrement carbonisées en moins de dix minutes.

— Etait-ce la foudre ?

— Non, à moins que ce ne soient les foudres du Seigneur. Je soupçonnerais plutôt les pillards. Ils ont dû inventer quelque nouvelle arme.

— Mais pour quelle raison s'attaqueraient-ils aux vaches ? Ils essaieraient plutôt de les voler — et de tuer les gens.

— Maryann, je ne sais absolument pas ce qui s'est passé. Cesse de me poser des questions.

— Il y a une chose que je voulais te dire.

— Maryann !

Maussade, elle alla remuer la bouillie de maïs dans le pot de terre qui était au milieu des cendres chaudes. A côté, enveloppés dans des feuilles de maïs, il y avait trois poissons-lunes que Jimmy Lee avait pêchés dans la matinée au bord du lac.

Dorénavant, sans beurre ni lait à ajouter à la bouillie, ils allaient devoir se contenter d'une simple purée, avec de temps en temps un œuf battu. L'un des avantages qu'il y avait à épouser un Anderson était toujours le supplément de nourriture. Particulièrement la viande. Maryann n'avait pas trop cherché à savoir d'où cela venait. Elle se contentait d'accepter ce que Lady, la femme d'Anderson, lui donnait.

Après tout, se dit-elle, *il y a encore les cochons et les poulets, et un lac plein de poissons. La fin du monde n'est pas pour demain.* Peut-être les chasseurs rapporteraient-ils assez après la moisson pour compenser la perte des Hereford. Il y avait deux ans de cela, la chasse avait été si bonne qu'il avait été question de se convertir au nomadisme et de suivre le gibier, comme les Indiens d'autrefois. Mais les cervidés s'étaient faits plus rares. Il y avait eu un hiver où les loups et les ours étaient descendus, puis tout était redevenu comme avant. Excepté les lapins. Les lapins grignotaient l'écorce de la Plante. Ils étaient mignons, les lapins, avec leur façon de froncer le nez. Elle sourit en pensant aux lapins.

— Buddy, fit-elle. Il y a une chose dont j'aurais besoin de te parler.

Maryann était en train de parler de quelque chose, ce qui était presque un événement en soi, mais l'esprit de Buddy, après une journée comme celle-là, avait du mal à se concentrer sur quoi que ce fût. Il pensait de nouveau à Greta : à la courbe de son cou lorsqu'elle avait rejeté sa tête en arrière sur les marches de l'église. A ses lèvres. Chose étonnante, elle avait encore du rouge à lèvres. L'avait-elle mis exprès pour lui ?

— Qu'est-ce que tu as dit ? demanda-t-il à Maryann.

— Oh ! rien ! Rien du tout.

Buddy avait toujours pensé que Maryann aurait fait une épouse idéale pour Neil. Elle avait le même menton, la même absence d'humour, la même opiniâtreté à la besogne. Ils avaient tous les deux les mêmes dents de lapin, ou de rat. Neil qui, avec Greta se conduisait abjectement, n'aurait rien trouvé à redire à la passivité de Maryann. Lorsqu'il était au lit avec Maryann, Buddy pensait toujours à la classe de gymnastique de M. Olsen, où chaque élève devait exécuter cinquante tractions par séance. Mais apparemment, cet aspect-là des choses n'avait pas beaucoup d'importance pour Neil.

Cela lui avait fait un choc de trouver en rentrant Greta Pastern mariée à son demi-frère. Il avait plus ou moins été persuadé qu'elle l'attendrait. Elle représentait une si large part du Tassel qu'il avait laissé derrière lui !

Les premières semaines, il s'était trouvé dans une situation un peu embarrassante. Greta et lui n'avaient pas cherché à se cacher, durant la dernière année de Buddy à Tassel. Leur conduite alimentait les commérages et les discussions de bistrot dans toute la ville. Greta, l'unique enfant du pasteur, et Buddy, le fils aîné du plus riche — et du plus vertueux — fermier de toute la région. Il était donc de notoriété publique que, dans la famille Anderson, Greta circulait de main en main. Et de l'avis de tous, rien de bon ne pouvait résulter d'un tel état de choses.

Mais l'enfant prodigue qui était revenu à Tassel n'était pas le même que celui qui l'avait quitté. Entre-temps, il avait failli mourir, il avait perdu un tiers de son poids, travaillé dans les camps de travail du gouvernement et quitté Minneapolis pour rejoindre Tassel en laissant une piste sanglante derrière lui, ralliant ou combattant selon l'occasion les meutes humaines qu'il croisait sur son chemin. Lorsqu'il était enfin arrivé à Tassel, il se préoccupait beaucoup plus de sauver sa propre peau que de se fourrer dans les jupons de Greta.

Ainsi, outre son aspect humanitaire, son mariage avec Maryann avait été un acte de prudence. Buddy marié avait moins de chances de rompre l'harmonie du village que Buddy célibataire, et il pouvait croiser Greta dans la rue sans soulever une tempête de spéculations.

— Buddy?

— Tu me le diras plus tard.

— Le dîner est prêt. C'est tout.

Quelle cruche! se dit-il. Mais comme cuisinière, elle était passable. Meilleure, en tout état de cause, que Greta. Et c'était une consolation.

Il porta à sa bouche la bouillie jaunâtre et fumante, tout en hochant la tête pour montrer à Maryann qu'il était satisfait. Elle le regarda engloutir deux jattes de porridge et les trois poissons, puis elle mangea ce qui restait.

Je vais le lui dire maintenant, pendant qu'il est de bonne humeur, pensa-t-elle. Mais avant qu'elle ait pu placer un mot, Buddy s'était levé et marchait vers la sortie de la tente sur le tapis tressé qui recouvrait le sol.

— Ce doit être l'heure de la punition, dit-il.

— Je ne veux pas voir ça. Ça me rend malade.

— Rien n'oblige les femmes à y aller.

Et, avec un demi-sourire pour la réconforter, il sortit de la tente. Même s'il avait été sensible (ce qu'il n'était pas), il aurait été obligé d'assister au supplice, de même que tous les hommes au-dessus de sept ans. Rien de tel pour instiller la crainte de Dieu, aussi bien dans le cœur des spectateurs que chez celui qui reçoit le fouet dans sa chair.

Au milieu de la petite place, face à la tente commune, Neil avait déjà été attaché au poteau. Son dos était dénudé. Buddy fut l'un des derniers à arriver.

Anderson, le fouet à la main, attendait, les jambes écartées. Il y avait peut-être un peu trop de raideur dans son attitude. Buddy savait ce qu'il devait en coûter au vieillard de faire comme si ce n'était qu'une punition comme les autres, une question que vingt coups de lanière allaient pouvoir faire oublier.

Lorsqu'il avait à fouetter Buddy ou Neil, Anderson distribuait les coups avec une remarquable impartialité — ni plus ni moins que si c'eût été quelqu'un d'autre qui s'était rendu coupable de la même faute. Il frappait avec la précision d'un métronome. Mais ce soir-là, après le troisième coup de fouet, ses genoux cédèrent et il tomba à terre.

Un murmure s'éleva du cercle des spectateurs, puis Anderson se releva. Son visage était décoloré et, lorsqu'il tendit le fouet à Buddy, sa main tremblait.

— Continue, ordonna-t-il.

Si le vieillard lui avait donné son *Python* — ou un sceptre — Buddy n'aurait pu être surpris davantage.

Maryann avait entendu tout ce qui s'était passé de l'intérieur de la tente, où elle léchait la jatte. Lorsqu'il y avait eu une pause après le troisième coup, elle avait espéré que tout était fini. Elle comprenait, bien sûr, que ces choses-là étaient nécessaires, mais cela ne signifiait pas qu'elle devait les aimer. Ce n'était pas charitable de se réjouir du malheur des autres, même si c'était quelqu'un que l'on n'aimait pas.

Mais le fouet avait recommencé.

Elle aurait voulu que Buddy lui en eût laissé un peu plus. Et maintenant que les Guernesey étaient mortes, il n'y aurait même plus de lait !

Elle essaya de penser à ce qu'elle lui dirait quand il rentrerait. Elle se décida pour : « Chéri, nous allons recevoir un bienfait du ciel. »

C'était une si jolie expression. Elle l'avait entendue pour la première fois dans un film, il y avait longtemps. Un film avec Eddie Fischer et Debbie Reynolds.

Pour *lui*, elle espérait que ce serait un garçon, et elle s'endormit en cherchant quel prénom elle lui donnerait. Patrick, comme son grand-père? Ou Lawrence? Elle avait toujours eu un faible pour ce nom, elle ne savait pas pourquoi. Joseph n'était pas mal non plus.

Buddy? Elle se demandait s'il y avait un saint Buddy. Elle n'en avait jamais entendu parler. Peut-être était-ce un saint congrégationaliste.

ADIEU, CIVILISATION OCCIDENTALE

Le 22 août 1979, en conformité avec les instructions reçues le 4 juillet 1979, ont été mis en œuvre les préparatifs ayant trait à l'incinération de l'artefact désigné sur les cartes sous le nom de « Duluth-Supérieur ». Conditions météorologiques idéales : depuis dix-sept jours, pas la moindre goutte d'eau n'était tombée, tout au plus une légère rosée matinale. « Duluth-Supérieur » a été quadrillé, et chaque Carré divisé en trois Sections, comme le montrent les photograhies ci-jointes, prises à une altitude de 1,33 km. Les opérations ont été déclenchées le 23 août 1979 à 20 h 34.

L'artefact était bâti sur une série de petites élévations de terrain de formation naturelle, topographiquement analogues à l'artefact « San Francisco ». Ici toutefois, le matériau principalement utilisé était le bois, qui a la propriété de se consumer rapidement. L'embrasement a débuté dans la zone la plus basse de chaque Section, et l'appel d'air naturel a accompli presque autant que les machines incendiaires.

A l'exception des Sections II-3 et III-1 situées à proximité de l'ancienne rive du lac (où, pour une raison quelconque, les éléments de l'artefact étaient plus importants et bâtis en brique et en pierre), l'incinération complète a pu être réalisée en 4 h 04. Une fois l'opération menée à bien dans chaque Carré, son équipement a été transféré aux Sections II-3 et III-1, dont l'incinération a eu lieu le 24 août 1979 à 1 h 12.

Deux défaillances mécaniques se sont produites dans la Section IV-3. Une évaluation détaillée des dommages a été transmise à l'Office du Matériel, et on en trouvera la copie ci-incluse.

Les mammifères peuplant la périphérie des Carrés I, II et IV ont pu s'échapper dans les champs environnants en raison de l'insuffisance d'équipement et du caractère défavorable du terrain. Selon une estimation raisonnable, le nombre des survivants serait de 200 à 340 pour les grands mammifères constructeurs des artefacts, et de 15 000 à 24 000 pour les mammifères plus petits.

La totalité des insectes parasites du bois a été détruite.

Des dispositions ont été prises pour procéder à la recherche des mammifères rescapés, ainsi que de tous ceux qui pourraient se trouver à l'extérieur du périmètre de « Duluth Supérieur ». Mais le matériel fait gravement défaut. (Voir les demandes de Réquisition n° 800-B du 15 août, du 15 mai et du 15 février 1979.)

Une fois l'incinération achevée, le terrain a été nivelé et la phase d'ensemencement a pu être inaugurée le 27 août 1979.

Agissant sur la base des sondages effectués entre le 12 mai et le 4 juillet 1979, la présente unité s'est alors déplacée le long de la rive sud du « Lac Supérieur ». (Voir la carte de l' « État du Wisconsin ».) Les sondages faisaient état pour cette zone d'une densité importante de mammifères indigènes.

Pour cette opération, en raison des retards apportés à la livraison des Sphéroïdes 39-Mg et 45-Mh, le modèle archaïque 37-Mg sera utilisé. Malgré son important encombrement, ce modèle conviendra à l'extermination des mammifères locaux qu'il pourra rencontrer. En fait, ses mécanismes thermotropiques sont plus développés que ceux des modèles plus récents. Toutefois, dans ces circonstances exceptionnelles, la prise en charge du Sphéroïde 37-Mg ne pourra pas être assurée sans un assez long délai par la Banque Centrale d'Intelligence de la présente Unité.

L'incinération devrait désormais avoir lieu à un rythme plus lent, le dernier des principaux artefacts ayant été rasé et ensemencé. Les artefacts restants sont

largement dispersés et peu importants. Cependant,
bien que nos observations indiquent que la plupart ont
été abandonnés, nous procéderons, selon les instruc-
tions du 4 juillet 1979, à leur incinération totale.

Date probable d'achèvement du programme :
2 février 1980.

— Comment le trouves-tu, ma chérie ? demanda-t-il.
— Magnifique. Et tu l'as fait rien que pour moi ?
— Mon amour, en ce qui me concerne, tu es la seule femme au monde.

Jackie esquissa un sourire, son sourire doux-amer, celui qu'elle réservait pour les désastres sans espoir. Elle ferma les yeux, non pas pour leur épargner la scène, mais parce qu'ils étaient fatigués, et secoua la cendre de ses cheveux bruns et bouclés.

Jeremiah Orville la serra dans ses bras. Il ne faisait pas froid, mais il avait l'impression que c'était la chose qui s'imposait — un geste solennel, un peu comme lorsqu'on enlève son chapeau devant un corbillard. Sans s'émouvoir, il regarda la cité brûler.

Blottie contre lui, Jackie frottait son nez à la laine rugueuse de son chandail.

— De toute façon, dit-elle, je n'ai jamais vraiment apprécié cette ville.
— Elle nous a maintenus en vie.
— Je sais, Jerry. Je ne suis pas ingrate. Je voulais seulement...
— Je comprends. C'est seulement mon tempérament sentimental à l'excès qui faisait entendre sa voix.

Malgré la chaleur et les bras qui l'entouraient, elle frissonna.

— Nous allons mourir, maintenant. C'est sûr que · nous allons mourir.
— Hardi les cœurs, Miss Whythe ! Un peu de cran ! Souviens-toi du *Titanic* !

Elle rit.

— Je me fais l'effet d'être Carmen, dans l'opéra, lors-qu'elle retourne la dame de pique. (Elle fredonna l'air des Cartes puis, terminant sur une note grave, ajouta :) Dans une production d'amateurs.

— Rien d'étonnant à ce qu'on se sente un peu déprimé, lorsque le monde brûle autour de soi, fit-il en imitant à la perfection la voix de David Niven. (Puis, avec un authentique accent du Middle West, cette fois-ci :) Hé, regarde ! Voilà l'Alworth Building qui fout le camp !

Elle se retourna vivement, et ses prunelles noires dansèrent à la lueur du brasier. L'Alworth Building était le plus haut de Duluth. Il brûlait magnifiquement. Tout le centre de la ville était maintenant en flammes. A gauche de l'Alworth Building, la First American National Bank, après un lent départ, flamboya de façon encore plus splendide en raison de sa masse plus importante.

— Yippie ! s'écria Jackie.

Ils avaient passé ces dernières années dans les caves blindées de la First American National Bank. Leur précieuse réserve de boîtes de conserve de récupération était toujours sous clé à l'intérieur des coffres, et la cage du canari se trouvait probablement encore dans son coin. Leur chez-soi avait été confortable, bien que les visites aient été rares et qu'ils aient dû tuer la plupart de leurs visiteurs. Mais une telle chance ne pouvait pas durer éternellement.

Jackie versait de vraies larmes.

— Triste ? demanda-t-il.

— Non, pas triste... seulement un tout petit peu... déracinée. Et furieuse contre moi-même, parce que je n'y comprends rien. (Elle renifla bruyamment, et ses larmes disparurent.) Cela ressemble tellement à ce qu'on appelait autrefois un Acte de Dieu. Comme si Dieu était à l'origine de tout ce qu'on ne peut pas expliquer. J'aime savoir la raison de chaque chose. (Puis, après un instant de silence :) C'étaient peut-être les termites ?

— Les termites !

Il la regarda d'un air incrédule, et la joue de Jackie se creusa d'une façon qu'il connaissait bien. Elle se fichait de lui. Ensemble, ils éclatèrent de rire.

Au loin, l'Alworth Building s'effondra. Derrière lui,

dans le port asséché, un navire était couché sur le flanc et crachait des flammèches par ses hublots.

Ici et là, parcourant les décombres, on voyait les machines incendiaires achever leur travail. Vues de si loin, elles semblaient tout à fait innocentes. Elles rappelaient exactement à Jackie ces petites Volkswagen du début des années cinquante, alors qu'on n'en voyait que des grises. Elles étaient vives, diligentes et propres.

— Nous devrions nous mettre en route, dit-il. Elles vont bientôt commencer à nettoyer les faubourgs.

— Eh bien, adieu, civilisation occidentale, fit Jackie en agitant le bras en direction de la fournaise ardente.

Elle ne ressentait nulle peur. Comment des Volkswagen auraient-elles pu l'effrayer ?

Ils prirent leurs bicyclettes et descendirent en roue libre la route panoramique d'où ils avaient contemplé la cité en flammes. Lorsqu'ils atteignirent les collines, ils durent mettre pied à terre, car la chaîne d'Orville s'était rompue.

La route, qui n'était plus entretenue depuis des années, était pleine de nids-de-poule et encombrée d'épaves. Après avoir passé Amity Park, ils se retrouvèrent dans l'obscurité, car la colline leur cachait la lueur de l'incendie. Ils roulaient doucement, les mains sur les poignées de freins.

Au pied de la descente, une voix de femme impérieuse jaillit de l'obscurité : « Arrêtez-vous ! » Ils sautèrent de leurs bicyclettes et se jetèrent au sol à plat-ventre. Ils s'étaient entraînés plusieurs fois à le faire. Orville sortit son pistolet.

La femme s'avança bien en vue, bras levés, les mains vides. Elle était assez âgée — soixante ans ou plus — et arborait un sourire hardiment pacifique. Elle s'approcha un peu trop près.

— C'est un piège, murmura Jackie.

Cela ne faisait aucun doute, mais où se cachaient les autres, Orville aurait voulu le savoir. L'endroit était rempli d'arbres, de maisons, de haies et de carcasses de voitures. Autant d'endroits propices pour se dissimuler. Il faisait sombre et une odeur de fumée flottait dans l'air. A force de regarder l'incendie, il avait momentanément perdu sa vision nocturne. Décidé à faire montre également de ses bonnes intentions, il rengaina son pistolet et se mit debout.

Il offrit sa main à serrer à la femme. Elle sourit, mais ne s'approcha pas trop près.

— A votre place, je n'irais pas au-delà de cette crête, mes enfants. Il y a une sorte de machine de l'autre côté. Un lance-flammes, ou quelque chose de similaire. Je peux vous indiquer un autre chemin, si vous voulez.

— A quoi ressemble-t-elle, cette machine ?

— Aucun d'entre nous ne l'a aperçue. Tout ce que nous avons vu, ce sont les malheureux qui ont flambé en atteignant le haut de la colline. Ecœurant.

Ce n'était pas impossible, ni même improbable. Mais il y avait aussi grand risque qu'on soit en train d'essayer de les attirer dans un piège. « Un instant », dit-il. Il fit signe à Jackie de rester où elle était, puis se mit à gravir la faible côte. Parcourant du regard les débris de toutes sortes que les ans avaient accumulés sur la route, il repéra un morceau de planche qui avait dû tomber d'un chargement de bois. Arrivé à mi-hauteur du sommet, il s'arrêta derrière une Plante qui avait percé l'asphalte. Il lança la planche par-dessus la crête de la colline.

Avant d'avoir atteint le sommet de sa trajectoire, le morceau de bois s'embrasa et, avant d'être retombé il s'était consumé complètement.

— Vous aviez raison, dit-il en retournant vers la femme. Et nous vous remercions.

Jackie se mit debout.

— Nous ne possédons pas de vivres, annonça-t-elle, à l'intention moins de la femme que de ceux qui étaient censés l'accompagner. (L'habitude de la défiance était trop ancrée en elle pour être brisée en un instant.)

— Ne vous inquiétez pas, mes enfants. Vous avez réussi votre première épreuve, au demeurant. En ce qui nous concerne, vous avez démontré vos capacités. Si seulement vous saviez combien il y en a qui vont directement se jeter dans la gueule du loup... (Elle soupira.) Mon nom est Alice Nemerov, N. R. Appelez-moi Alice. (Puis, comme si elle venait d'y penser :) Les lettres signifient que je suis infirmière, n'est-ce pas. Si vous tombez malade, je peux vous dire le nom de ce que vous avez. Parfois même, faire quelque chose.

— Je suis Jeremiah Orville, S. M. Vous pouvez m'appeler Orville. Les lettres signifient que je suis ingénieur des mines. Si vous avez des mines, je serai très heureux de m'en occuper.

— Et vous, mon enfant ?

— Jackie Janice Whythe. Pas de lettres. Je suis une actrice, par la grâce de Dieu! Comme j'ai les mains fines, j'étais spécialiste de la publicité pour les marques de savon. Mais je sais appuyer sur une détente et, pour autant que je sache, aucun scrupule ne m'embarrasse.

— C'est merveilleux! Et maintenant, venez que je vous présente les autres loups. Nous sommes assez nombreux pour former une meute acceptable. Johnny! Ned! Christie! Venez tous!

Des morceaux d'ombre se dégagèrent de l'obscurité épaisse et s'avancèrent.

Jackie passa son bras autour de la taille d'Orville, ravie. Elle le tira par l'épaule, et il se baissa pour qu'elle lui murmure dans le creux de l'oreille :

— N'est-ce pas merveilleux? Nous allons survivre, après tout!

C'était plus qu'elle ou lui n'avaient osé espérer.

Toute son existence Jeremiah Orville l'avait passée à espérer quelque chose de meilleur. Au début de ses années d'université, il avait espéré devenir chercheur. Au lieu de cela, il s'était laissé tenter par un emploi qui lui offrait (à ce qu'il semblait) davantage de sécurité que San Quentin. Il avait espéré quitter son travail et Duluth aussitôt qu'il aurait amassé dix mille dollars, mais avant d'avoir réuni cette somme, ou même la moitié, il s'était marié et était devenu propriétaire d'un beau pavillon de banlieue (trois mille dollars comptant, dix ans pour payer le reste). Il avait espéré un heureux mariage, mais entre-temps (il s'était marié sur le tard, à l'âge de trente ans) il avait appris à ne pas attendre trop de la vie. En 1972, au moment où la Plante arriva, il était sur le point de transférer toutes ces nobles espérances sur les frêles épaules de son fils âgé de quatre ans. Mais le jeune Nolan se révéla incapable d'assumer même le fardeau de sa propre existence lors de la première famine qui frappa les villes, et Thérèse ne lui survécut qu'un mois ou deux. Orville avait appris la nouvelle par hasard l'année suivante : peu de temps avant sa mort, il l'avait abandonnée.

Comme tout le monde, Orville affectait de haïr l'invasion (dans les villes, on ne la désignait guère que sous ce terme), mais en fait il s'en réjouissait, il la bénissait en secret et ne souhaitait rien d'autre. Avant l'invasion, Orville s'était trouvé au seuil d'un avenir grisâtre et sans incertitudes, et voilà que soudain une nouvelle vie — la vie elle-même — descendait sur lui. Il avait appris (comme tous ceux qui avaient survécu) à être aussi dépourvu de scrupules que les héros, et parfois les traîtres, des magazines d'aventures qu'il lisait quand il était jeune.

Le monde pouvait mourir autour de lui. Peu importait : il était vivant.

Il y avait eu, un temps, l'ivresse de la puissance. Pas la puissance froide et contrôlée de l'argent qui avait régné autrefois, mais celle, plus nouvelle — ou plus vieille —, qui résulte de la capacité de perpétuer l'iniquité. Plus précisément, il avait travaillé pour le Gouvernement; d'abord, comme surveillant dans un camp de travail et, plus tard (quelques mois plus tard seulement, car les événements survenaient à un rythme précipité), comme directeur de tout le système concentrationnaire de la ville. Par moments, il se demandait quelle différence il pouvait y avoir entre lui et, par exemple, un Eichmann. Mais il ne laissait pas ses spéculations prendre le pas sur son travail.

En réalité, il devait à sa faculté d'imagination d'avoir reconnu à temps l'impraticabilité des décisions du Gouvernement et d'avoir su prendre ses dispositions en prévision de son effondrement. Les paysans étaient à bout. Ils avaient l'habitude de l'indépendance et ressentaient vivement le poids du parasitisme des villes.

Tôt ou tard ils se révolteraient et garderaient pour eux le peu de nourriture qu'ils avaient. Sans leurs distributions de vivres, les esclaves des villes (car c'était bien ce qu'ils étaient : des esclaves) se révolteraient à leur tour ou mourraient. Des deux façons, ils étaient sûrs de mourir. Aussi (après que des fictions bureaucratiques adéquates et quelques pots-de-vin eurent fait condamner l'immeuble), Orville avait établi sa forteresse dans les sous-sols de la First American National Bank et s'était retiré de la vie publique.

Il y avait même eu une aventure sentimentale, et cette aventure avait progressé (contrairement à son mariage) dans les plus belles règles de l'art : une cour fortement combattue, des déclarations passionnées autant qu'extravagantes, des jalousies et des triomphes — oh! des triomphes sans trêve, et toujours le parfum aphrodisiaque de la mort qui flottait sur les rues et les magasins saccagés de la ville agonisante.

Depuis trois ans, il était avec Jackie Whythe, et il n'avait pas l'impression que cela avait duré plus d'un week-end.

Si c'était vrai pour lui, n'était-ce pas vrai pour les autres survivants également ? Ne ressentaient-ils pas au fond du cœur ce bonheur clandestin, semblable à celui des amants qui, secrètement, se retrouvent dans une ville étrangère ? *Cela doit être ainsi*, se disait-il. *Cela doit être ainsi.*

Passé le centre de vacances de Brighton Beach, la Plante devenait plus envahissante et les habitations plus clairsemées. Le petit groupe de rencontre s'était enfoncé dans la nature, susceptible d'offrir une meilleure sécurité. A mesure qu'ils progressaient vers le nord-est sur la Route 61, la faible lueur de la cité en flammes déclinait derrière eux et la lumière encore plus pâle des étoiles était oblitérée par le feuillage. Bientôt, ils avancèrent dans une obscurité totale.

Ils se déplaçaient rapidement, cependant, car si la Plante avait percé la chaussée, elle ne l'avait pas fait disparaître complètement. Rien de commun avec la forêt encombrée de broussailles qui avait autrefois poussé là : pas de branches pour leur fouetter le visage au passage, pas de ronces pour s'entortiller dans leurs pieds. Il n'y avait même pas de moustiques, car la Plante avait asséché tous les marécages du voisinage. Les seuls obstacles étaient d'occasionnels nids-de-poule et, parfois, là où la Plante avait suffisamment déchiré l'asphalte pour laisser agir l'érosion, une ravine.

Orville et ses compagnons suivirent la route jusqu'à ce que l'aube grisâtre filtrât à travers la partie orientale de la forêt, puis ils se tournèrent vers la lumière, vers le lac, qui jadis avait été visible de la route aux automobilistes. Il leur paraissait plus prudent d'abandonner maintenant la 61, extension de la cité et susceptible comme telle de subir le même sort. D'autre part, ils avaient soif. Et avec un peu de chance, ils pouvaient même espérer prendre du poisson dans le lac.

Cet itinéraire leur était en partie imposé par les circonstances. Il eût été plus sage, sans doute, en prévision de l'hiver, de descendre vers le sud, mais cela signifiait qu'ils devraient contourner la cité en flammes et ils n'étaient nullement disposés à courir un tel risque. A l'ouest il n'y avait pas d'eau, et à l'est il y en avait trop. Le lac Supérieur, bien que diminué, représentait encore une barrière suffisante. Peut-être réussiraient-ils à trouver un bateau en état de marche dans l'un des villages riverains, auquel cas ils pourraient devenir pirates, comme cette flotte de remorqueurs à Duluth, il y avait trois ans de cela, lorsque le port s'était asséché. Mais la meilleure chose à faire était encore de suivre la rive du lac en direction du nord-est, en pillant au passage les fermes et les villages. Et en attendant que l'hiver soit là pour s'en préoccuper.

Le lac Supérieur fourmillait de poissons-lunes. Grillés sur le feu de bois, ils étaient excellents, même sans sel. Après quoi le petit groupe s'efforça de faire le point de la situation et d'examiner les perspectives qui s'offraient. Il n'y avait à vrai dire pas tellement de décisions à prendre. Les événements dictaient leurs propres conditions. En fait, le seul point épineux était de savoir qui, parmi les seize hommes, allait assumer le commandement. La bande s'était constituée par hasard. Excepté quelques couples, personne ne se connaissait. Les rapports sociaux avaient été réduits à peu de chose au cours des dernières années. La seule forme de communauté qui avait subsisté dans les cités était la meute, et si l'un de ces hommes avait déjà fait partie d'une meute, il s'abstenait d'en parler. Aucun des postulants de ce soir au titre de chef ne tenait à raconter comment il s'y était pris pour survivre. Une telle réticence était naturelle et, en quelque sorte, rassurante : elle signifiait que au moins, ils ne s'étaient pas dégradés au point de se réjouir de leur propre bestialité et de se vanter de leurs excès coupables. Ils avaient été obligés de faire certaines choses, mais ils n'en étaient pas obligatoirement fiers.

Alice Nemerov leur épargna ce genre d'embarras en leur contant sa propre histoire qui était, tout bien considéré, singulièrement exempte de détails choquants. Dès les premiers jours de famine, elle était allée s'installer à l'hôpital central. Là, le personnel médical avait pu subsister, même pendant les pires périodes, en troquant ses capacités et ses réserves de médicaments contre ce qui lui était nécessaire. Il restait surtout des infirmières et des internes. Les docteurs s'étaient retirés dans leurs maisons de campagne lorsque, après la faillite du Gouvernement, la famine et l'anarchie s'étaient installées dans les villes. Au cours des dernières années, Alice Nemerov avait circulé librement un peu partout, armée de probité candide et de la certitude que ses capacités constitueraient pour elle le meilleur des passeports, même parmi les plus pervertis des survivants. Quant au danger d'être violentée, elle estimait qu'elle n'était plus à l'âge où on se fait du souci pour cela. Elle connaissait donc déjà une partie de ses compagnons d'infortune, et elle effectua les présentations avec assurance et tact. Elle parla aussi d'autres survivants qu'elle avait connus et des expédients variés auxquels ils avaient eu recours pour se maintenir en vie.

— Les rats ? demanda Jackie.

— Mais oui, mon enfant. Beaucoup d'entre nous ont

dû passer par là. Je dois avouer que ce n'était pas très réjouissant.

Plusieurs auditeurs hochèrent la tête en signe d'approbation.

— Et puis, poursuivit Alice, il y avait les cannibales, de pauvres êtres écrasés de culpabilité, pas du tout comme on les imagine. Ils étaient toujours seuls. Par bonheur, je n'en ai jamais rencontré un qui soit à jeun, car cela m'aurait peut-être fait changer d'opinion.

A mesure que le soleil se rapprochait du zénith, la lassitude et la simple proximité physique leur faisaient oublier leur répugnance à parler d'eux-mêmes. Pour la première fois, Orville se rendit compte qu'il n'était pas le monstre d'iniquité qu'il avait quelquefois cru être. Même lorsqu'il révéla qu'il avait été garde dans les camps de travail du Gouvernement, ses auditeurs ne parurent ni outrés ni hostiles, bien que plusieurs d'entre eux aient été en leur temps incorporés de force dans ces camps. L'invasion avait converti tout le monde au relativisme : ils étaient devenus aussi tolérants vis-à-vis de leurs croyances et de leurs méthodes respectives que s'ils avaient été des délégués à une convention d'anthropologie culturelle.

Il faisait chaud, et ils avaient besoin de dormir. L'effondrement des barrières de la solitude avaient fatigué leurs esprits presque autant que la longue marche avait épuisé leurs corps.

Ils n'oublièrent pas de poster des sentinelles, mais l'une d'elles dut s'endormir. Avant qu'ils aient eu le temps de se rendre compte de ce qui se passait, toute résistance était devenue impossible.

Les fermiers, décharnés et vêtus de loques, étaient à trois contre un, et ils avaient eu le temps, pendant que les loups dormaient — ou étaient-ce plutôt des agneaux ? — de s'emparer de la plus grande partie des armes et de neutraliser les autres.

A une exception près, Christie, en qui Orville avait déjà vu un futur ami, avait réussi à abattre un fermier, un vieillard, d'une balle dans la tête. Christie fut garrotté.

Tout se passa très vite, mais pas assez pour empêcher Jackie de donner à Orville un dernier baiser. Lorsqu'elle lui fut arrachée brutalement par un jeune fermier qui semblait un peu plus en chair que le reste du lot, elle avait aux lèvres le sourire doux-amer qu'elle réservait justement pour de telles circonstances.

LA MACHINE À SAUCISSES

Lady borda Blossom dans son lit ce soir-là, comme si elle était encore une petite fille. Il est vrai qu'elle n'avait que treize ans, après tout. Dehors, les hommes n'avaient pas encore terminé. C'était quelque chose d'horrible. Si seulement elle pouvait se boucher les oreilles.

— Est-ce qu'ils ne pouvaient pas faire autrement, maman? murmura Blossom.

— Il le fallait, ma chérie. C'est un mal nécessaire. Ces gens n'auraient pas hésité à nous tuer tous. N'as-tu pas trop froid sous cette mince couverture?

— Mais pourquoi est-ce qu'on ne les enterre pas, simplement?

— Ton père sait ce qu'il faut faire, Blossom. Je suis sûre qu'il éprouve une grande peine à l'idée d'être obligé d'agir ainsi. Autrefois, ton frère Buddy... (Lady ne manquait pas de désigner ainsi son beau-fils lorsqu'elle s'adressait à Blossom ou à Neil, mais elle n'oubliait pas qu'il s'agissait au plus d'une demi-vérité, et le mot la faisait trébucher), je me souviens qu'il ressentait la même chose que toi.

— Il n'était pas là, lui, ce soir. J'ai demandé à Maryann. Elle m'a dit qu'il était à la plantation.

— Pour monter la garde contre d'autres pillards qui pourraient survenir. (Le grincement régulier venu du dehors pénétrait le léger tressage des murs d'été et restait en suspens dans l'air de la hutte. Lady rajusta une mèche grise sur son front et se composa un masque de gravité à demi convaincant.) J'ai à faire maintenant, ma chérie.

— Veux-tu laisser la lumière ?

Blossom savait qu'il n'était pas raisonnable de brûler de l'huile pour rien, même cette huile extraite de la Plante. Mais elle voulait savoir jusqu'où il lui serait permis d'aller.

— Entendu, accepta Lady (car ce n'était pas une nuit comme les autres), mais ne la gaspille pas trop.

Avant de rabattre le rideau qui séparait le lit de Blossom du reste de la chambre commune, Lady lui demanda si elle avait dit ses prières.

— Oh, maman !

Lady laissa retomber le rideau sans condamner ni approuver la protestation ambiguë de sa fille. Son mari, sans aucun doute, aurait vu là une impiété caractérisée — et punissable.

Elle ne pouvait s'empêcher d'être contente que Blossom n'ait pas été influençable (et si elle avait un défaut, c'était bien celui-là) au point d'accepter avec trop de ferveur ou de soumission le rude et implacable calvinisme de son père. Si l'on est obligé de se conduire en infidèle, pensait Lady, au moins que l'on n'ait pas l'hypocrisie de se poser en chrétien. En fait, elle doutait fort que le dieu auquel son mari adressait ses prières existât. Si oui, pourquoi prier ? Il avait fait son choix depuis une éternité. Il était comme les anciens dieux aztèques qui exigeaient des sacrifices sur leurs autels de pierre. Un dieu jaloux, vengeur ; un dieu de primitifs ; un dieu sanglant. Quel passage des Ecritures Anderson avait-il choisi dimanche dernier ? Un des petits prophètes. Elle feuilleta la grande Bible de son mari. C'était dans Nahum : « L'Eternel est un Dieu jaloux, et il se venge ; l'Eternel se venge, et il est plein de fureur ; l'Eternel se venge de ses adversaires, et il garde rancune à ses ennemis. » Ah, comme elle reconnaissait bien Dieu dans ce portrait !

Lorsque le rideau retomba, Blossom, obéissante, se leva et récita ses prières. Graduellement, les formules consacrées firent place à des requêtes plus précises.

D'abord impersonnelles (que la moisson soit bonne, que les prochains pillards aient plus de chance et parviennent à s'échapper), puis un peu plus délicates (que ses cheveux poussent plus vite pour qu'elle puisse les faire friser à nouveau, que sa poitrine se développe encore un peu, bien que pour son âge elle soit déjà bien formée, et elle en était consciente). Finalement, lorsqu'elle regagna son lit, ces revendications formelles se transformèrent en une simple rêverie, et elle évoqua des choses qui n'existaient plus ou qui n'existaient pas encore.

Lorsqu'elle s'endormit, la machine faisait toujours entendre son grincement au-dehors.

Quelque chose, un bruit, la réveilla. La lampe à huile émettait toujours une faible lueur.

— Qu'est-ce que c'est ? fit-elle d'une voix ensommeillée.

Son frère Neil se tenait au pied de son lit. Il avait un visage étrangement vide. Sa bouche était entrouverte, son menton flasque. Il paraissait la voir, mais elle était incapable d'interpréter l'expression de ses yeux.

— Qu'est-ce que c'est ? répéta-t-elle d'une voix un peu plus aiguë.

Il ne répondit pas. Il ne faisait pas un geste. Son pantalon était souillé de sang.

— Va-t'en, Neil. Pourquoi viens-tu me réveiller ?

Elle le vit remuer les lèvres, comme s'il dormait, et agiter plusieurs fois la main droite pour accompagner les paroles muettes de son rêve. Elle se redressa sur son lit en remontant sa fine couverture jusqu'au menton. Elle voulut lui redire de s'en aller, un peu plus fort pour qu'il l'entende, mais ce fut un cri qu'elle poussa à la place.

Lady avait le sommeil léger, et Blossom n'eut pas besoin de crier deux fois.

— Qu'est-ce qu'il y a, ma chérie, tu as fait un cauchemar ? Mais... Neil, que fais-tu ici ? Neil ?

— Il ne veut rien dire, maman. Il reste là sans rien faire, et il ne veut pas me répondre.

Lady attrapa son fils aîné — son seul fils, maintenant que Jimmy Lee était mort — par l'épaule et le secoua brutalement. La main droite continua ses gestes mécaniques, mais le regard perdit un peu de sa fixité.

— Hein ? grogna-t-il.

— Neil, retourne avec Greta maintenant, tu m'entends ? Elle t'attend.

— Hein ?

— Tu as dû te lever dans ton sommeil, ou je ne sais quoi. Maintenant, ne reste pas ici.

Déjà, elle l'avait éloigné du lit et le rideau était retombé sur Blossom. Au bout de quelques minutes, Lady revint auprès d'elle.

— Qu'est-ce qu'il voulait ? demanda Blossom, tremblante. Qu'est-ce qu'il a...

— Il est bouleversé par ce qui s'est passé cette nuit, ma chérie. Tout le monde est sur les nerfs. Ton père est sorti faire un tour, et il n'est pas encore rentré. Ce sont les nerfs.

— Mais pourquoi est-il...?

— Qui peut expliquer la raison de ce que nous faisons dans nos rêves ? Maintenant, tu vas te rendormir très vite. Fais tes propres rêves. Et demain...

— Mais je ne comprends pas.

— Espérons que Neil ne comprend pas non plus, mon trésor. Et demain, pas un mot de tout ceci à ton père, n'est-ce pas ? Il a suffisamment de tracas comme cela, et il est préférable que ce soit un secret. Entre toi et moi seulement. C'est promis ?

Blossom hocha gravement la tête. Lady la borda dans son lit. Puis elle retourna se coucher et attendre le retour de son mari. Elle attendit jusqu'à l'aube et, pendant tout ce temps, dehors, la machine à saucisses continuait à faire entendre son chant sinistre et grinçant.

Le réveil était douleur. La conscience était celle de la douleur. Chaque mouvement, chaque respiration étaient douloureux.

Emergeant tour à tour de ce tourbillon de douleur, il y avait des figures féminines : une vieille femme, une petite fille, une très belle femme, et une femme très vieille. La très belle femme était Jackie et, comme

Jackie était morte, il se dit qu'il devait souffrir d'hallucinations. La femme très âgée était l'infirmière, Alice Nemerov, N. R. Quand elle apparaissait, la douleur se faisait plus aiguë, et il en conclut qu'elle devait être réelle. Elle lui faisait bouger les bras et, bien pire, la jambe. *Arrêtez!* pensa-t-il. Parfois, il hurlait. Il la haïssait parce qu'elle vivait ou peut-être parce qu'elle lui faisait mal. Il était vivant lui aussi, semblait-il. Autrement, comment aurait-il senti la douleur? Oh, par pitié! Parfois, il s'endormait. C'étaient ses seuls moments de répit.

Ah, Jackie! Jackie! Jackie!

Bientôt, penser lui fut plus douloureux que n'importe quoi d'autre, même lorsqu'on lui bougeait la jambe. Il n'était pas plus capable d'arrêter ou de diminuer cette douleur-là que toutes celles qui l'avaient précédée. Et il restait là, à penser, tandis que les trois femmes — la vieille, la très jeune et la très âgée — se succédaient à son chevet.

La jeune fille lui parla.

— Bonjour, dit-elle. Comment vous sentez-vous aujourd'hui? Vous êtes capable de manger? Vous ne voulez pas ouvrir la bouche, juste un tout petit peu? Là... c'est mieux. Vous vous appelez Orville, n'est-ce pas? Moi, c'est Blossom. Alice nous a parlé de vous. Vous êtes ingénieur des mines, paraît-il. Ça doit être très intéressant. Moi, je suis déjà allée dans une grotte, mais je n'ai jamais visité de mine. Ouvrez encore un peu... Là. En fait, c'est grâce à cela que... (Elle s'interrompit.) Mais je vous fatigue à parler tant que ça. Lorsque vous serez rétabli, nous pourrons avoir de longues conversations ensemble.

— C'est grâce à cela que quoi? interrogea Orville.(Il lui était encore plus douloureux de parler que de se nourrir.)

— Que papa a demandé de... de ne pas... c'est-à-dire que Miss Nemerov et vous avez été épargnés, mais nous avons été obligés de...

— Tuer.

— Oui, nous avons dû le faire, tous les autres.

— Même les femmes?

— Il le fallait, comprenez-vous. Papa vous l'expliquerait mieux que moi, mais si nous ne l'avions pas fait, les autres seraient revenus, beaucoup d'autres, et ils sont affamés, et nous n'avons pas assez à manger même pour nous. L'hiver est si dur. Vous comprenez cela, n'est-ce pas?

Il ne prononça plus aucune parole pendant plusieurs jours.

C'était comme si, tout ce temps, il n'avait vécu que pour Jackie et que, elle partie, il n'eût plus besoin d'exister. Il n'avait d'autre désir que de dormir. Lorsqu'elle vivait, il ne s'était pas rendu compte de tout ce qu'elle signifiait pour lui, elle ou n'importe quoi d'autre. Il n'avait jamais soupçonné la véritable profondeur de son amour. Il aurait dû mourir en même temps qu'elle. Il avait fait ce qu'il avait pu pour cela. Seule la douleur du souvenir faisait oublier celle du regret, et rien ne pouvait venir adoucir la première.

Il ne désirait qu'une seule chose : mourir. Il se confia à Alice Nemerov, N. R.

— A votre place, conseilla-t-elle, je ferais attention à ce que je dis, car ils sont capables de vous prendre au mot. Ils n'ont aucune confiance en nous. Il ne faudrait pas qu'ils nous voient discuter tous les deux, car ils iraient croire que nous complotons. Et vous feriez mieux de vous rétablir le plus tôt possible. Mangez davantage. Ils n'aiment pas l'idée de nourrir une bouche inutile. Vous comprenez ce à quoi vous devez d'être encore en vie, n'est-ce pas? Heureusement que j'étais là. Vous avez été stupide de les laisser vous casser cette jambe. Pourquoi avez-vous refusé de parler? Ils voulaient seulement connaître votre métier.

— Jackie, est-ce qu'elle a...

— Elle a subi le même traitement que les autres. Vous avez vu les machines. Mais il ne faut plus que vous pensiez à elle. Vous avez de la chance de vous en être sorti vivant. Un point c'est tout.

— La jeune fille qui me donne à manger... qui est-elle ?

— La fille d'Anderson. C'est celui qui commande ici : le vieillard à l'air constipé. Méfiez-vous de lui. Et de son fils, Neil, le grand. Il est encore plus dangereux.

— Je ne l'ai pas oublié depuis cette horrible nuit. Je me souviens de ses yeux.

— En fait, la plupart des gens que vous trouverez ici ne sont pas différents de vous et de moi. Ils sont organisés, c'est tout. Mais ils ne sont pas méchants. Ils sont obligés de faire ce qu'ils font. Lady, par exemple, la mère de Blossom, est une très brave femme. Il faut que je parte, maintenant. Mangez davantage.

— Vous ne pouvez pas manger davantage ? le gronda Blossom. Vous n'arriverez jamais à reprendre des forces.

Il reprit la cuiller.

— Voilà qui est mieux.

Elle sourit. Une profonde fossette se creusait dans sa joue parsemée de taches de rousseur lorsqu'elle souriait. Autrement, son sourire était banal.

— Quel est cet endroit ? Il n'y a que votre famille qui vit ici ?

— C'est la salle commune. Nous ne l'avons que pendant l'été, parce que papa est le maire. Plus tard, lorsqu'il commence à faire froid, tout le village vient y habiter. C'est très grand, bien plus grand que vous ne le voyez d'ici, mais lorsque tout le monde est là on ne peut plus bouger. Nous sommes deux cent quarante-cinq. Quarante-sept, avec Alice et vous. Demain, croyez-vous que vous pourrez essayer de marcher ? Buddy, c'est mon frère, mon autre frère, vous a fabriqué une béquille. Vous verrez que vous aimerez Buddy. Quand vous aurez retrouvé vos forces, vous vous sentirez mieux... je veux dire, vous serez plus heureux. Nous ne sommes pas aussi méchants que vous le croyez. Nous sommes des congrégationalistes. Et vous, qu'êtes-vous ?

— Rien du tout.

— Dans ce cas, vous n'aurez pas de peine à vous

intégrer à nous. Mais nous n'avons pas de véritable pasteur, depuis que le révérend Pastern est mort. C'était le père de Greta, ma belle-sœur. Vous l'avez aperçue. C'est la beauté du village. Papa a toujours été quelqu'un d'important à l'église, aussi, quand le révérend est mort, il a tout naturellement pris sa place. Il sait prononcer un sermon, vous seriez surpris de l'entendre. C'est un homme très pieux.

— Votre père ? Je serais curieux d'assister à un de ses sermons.

— Je sais ce que vous pensez, Mr Orville. Vous pensez qu'après ce qui est arrivé aux autres, papa est un mauvais homme. Mais s'il se montre cruel, ce n'est pas délibérément. Il ne fait que ce qu'il est obligé de faire. C'était un... un mal nécessaire. Vous ne voulez plus manger ? Essayez ! Je vais vous raconter une histoire au sujet de papa, et vous verrez que vous êtes injuste envers lui. Un jour, l'été dernier, à la fin du mois de juin, notre taureau s'est échappé et a poursuivi les vaches. Jimmy Lee — c'était mon petit frère — a essayé de leur courir après. Jimmy Lee, c'était, si vous voulez, son chouchou. Il mettait beaucoup d'espoirs en lui, même s'il essayait de ne pas nous le montrer, à nous, ses autres enfants. Lorsque papa a retrouvé Jimmy Lee et les animaux, ils étaient entièrement carbonisés, comme on dit que cela s'est passé à Duluth. Il n'y avait même pas un cadavre à ramener à la maison, rien que des cendres. Papa était fou de douleur. Il frottait les cendres sur son visage et pleurait. Puis il a essayé de faire comme si rien ne s'était passé. Mais plus tard, cette nuit-là, cela a recommencé, il pleurait et sanglotait comme un enfant, puis il est allé tout seul jusqu'à la petite tombe, à l'endroit où on avait trouvé Jimmy Lee, et il est resté là pendant deux jours entiers. C'est un homme très sensible, mais la plupart du temps il ne le montre pas.

— Et Neil ? Est-ce qu'il est comme cela aussi ?

— Que voulez-vous dire ? Neil est mon frère.

— C'est lui qui me posait les questions ce soir-là. Et qui interrogeait d'autres personnes que je connaissais. Est-ce qu'il ressemble à votre père ?

— J'ignore ce qui s'est passé ce soir-là. Je n'y étais pas. Il faut que vous vous reposiez maintenant. Réfléchissez à ce que je vous ai dit. Et, Mr Orville... essayez d'oublier ce qui s'est passé.

Le désir et la volonté de survivre commençaient à grandir en lui mais, contrairement à tout ce qu'il lui était jamais arrivé d'éprouver, la force que cela conférait à son corps était une force de haine. Passionnément, il désirait non pas la vie, mais la vengeance. La vengeance pour la mort de Jackie, pour ses propres tortures, pour tout ce qui s'était passé au cours de cette horrible nuit.

Il n'avait jamais auparavant éprouvé de sympathie particulière pour le thème du Vengeur. Les prémisses de la vengeance accomplie dans le sang l'avaient toujours frappé comme étant assez improbables, tout comme l'intrigue du *Trouvère*, de sorte qu'au début il fut lui-même étonné de son acharnement à ne se raccrocher à la vie que pour un seul but : la mort d'Anderson, la torture d'Anderson, l'humiliation d'Anderson.

Au début, son imagination se contenta d'évoquer différentes sortes de morts pour le vieillard. Puis, à mesure qu'il reprenait ses forces, il imagina des tortures plus complexes qui finalement évincèrent entièrement l'idée de mort. Car la torture peut-être prolongée indéfiniment, tandis que la mort signifie la fin.

Mais Orville, ayant goûté lui-même aux fruits les plus amers, savait qu'il y a une limite au delà de laquelle la douleur ne peut plus s'accroître. Il voulait qu'Anderson endurât les souffrances de Job. Il voulait parsemer de cendres les cheveux blancs du vieillard, faire de lui une loque humaine, l'anéantir moralement. Alors seulement, il apprendrait à Anderson que c'était lui, Jeremiah Orville, qui avait été la cause de sa déchéance.

Ainsi, lorsque Blossom lui raconta le comportement du vieillard après la mort de Jimmy Lee, il sut tout de suite ce qu'il avait à faire. La solution était devant ses yeux !

Côte à côte, Orville et Blossom étaient arrivés jusqu'au champ de maïs. Sa jambe était rétablie, mais il boiterait probablement toujours. Au moins pouvait-il maintenant marcher seul, sans autre béquille que Blossom.

— Et c'est ce maïs qui va nous nourrir tout l'hiver? demanda-t-il.

— Il y en a beaucoup plus qu'il n'en faut. Une bonne partie était destinée aux vaches.

— Je suppose que si ce n'était pas à cause de moi, vous seriez aux champs à faire la moisson comme les autres.

En effet, seules les femmes âgées et les très jeunes filles s'occupaient du village à l'époque de la moisson, tandis que les autres femmes travaillaient aux champs avec les hommes.

— Non, je ne suis pas assez grande.

— Allons, allons. Je suis sûr que vous avez au moins quinze ans.

— Vous dites ça comme ça, pouffa-t-elle. J'ai treize ans. Je n'en aurai quatorze que le 31 janvier.

— On vous en donne plus. Vous êtes très développée pour treize ans.

Son visage s'empourpra.

— Et vous, quel âge avez-vous?

— Trente-cinq ans.

C'était un mensonge, mais il savait qu'il pouvait donner le change. Sept ans auparavant, lorsqu'il avait réellement eu trente-cinq ans, il paraissait bien plus vieux qu'à présent.

— Je suis assez jeune pour être votre fille, Mr Orville.

— D'un autre côté, Miss Anderson, vous êtes pratiquement assez vieille pour être ma femme.

Elle rougit, beaucoup plus fort cette fois-ci, et l'aurait laissé là s'il n'avait pas eu besoin d'elle pour rentrer. C'était la première fois qu'il marchait aussi loin. Ils s'arrêtèrent pour qu'il pût se reposer.

A part la moisson en cours, rien ne permettait de voir qu'on était en septembre. La couleur de la Plante ne variait pas avec les saisons. En hiver, les feuilles se repliaient simplement comme des parapluies pour laisser tomber la neige jusqu'au sol. Et il n'y avait pas non plus dans l'air cette senteur spéciale qui annonce l'automne. La fraîcheur du matin était une fraîcheur sans caractère.

— La campagne est belle, ici, fit Orville.

— Oh, oui, c'est ce que je pense aussi.

— Vous avez passé toute votre vie ici?

— Oui, ici et dans l'ancien village. (Elle le regarda furtivement.) Vous vous sentez mieux maintenant, n'est-ce pas?

— Oui. C'est bon d'être en vie.

— Je suis contente. Je suis contente que vous soyez guéri.

D'un geste impulsif, elle lui prit la main. Il répondit en exerçant une légère pression sur la sienne. Elle gloussa de plaisir.

Ensemble, ils se mirent à marcher.

A ce stade-là, Orville avait l'impression d'arriver au terme d'une longue régression vers l'état primitif. Il ne pouvait imaginer d'action plus indigne que celle qu'il projetait d'accomplir, et cette vilenie même ne faisait qu'aviver la passion sanguinaire qui continuait à grandir en lui. Sa vengeance à présent exigeait beaucoup plus qu'Anderson, beaucoup plus que toute la famille d'Anderson. Elle exigeait la communauté tout entière. Et tout le temps de savourer son anéantissement. Il leur extorquerait, à chacun, jusqu'à la dernière goutte de souffrance atroce; il les amènerait, graduellement, jusqu'à l'extrême limite de leurs capacités d'endurance, et ce n'est qu'à ce moment-là qu'il les ferait basculer de l'autre côté.

Blossom se retourna dans son sommeil et ses mains agrippèrent l'oreiller de feuilles de maïs. Sa bouche s'ouvrit et se referma, et des gouttes de sueur perlèrent sur son front et au creux délicat de ses seins. Elle sentait un poids sur sa poitrine, comme si quelqu'un l'enfonçait dans la terre avec de lourdes bottes. Il voulait l'embrasser. Lorsqu'il ouvrit la bouche, elle vit la vis sans fin qui tournait à l'intérieur. Des lambeaux de viande hachée tombèrent. La vis sans fin faisait un bruit sinistre et grinçant.

THANKSGIVING

Des nuages noirs s'amassaient dans le ciel. La terre était sèche, grise et nue, sans arbres, sans le moindre brin d'herbe. Seule la Plante poussait à perte de vue, ses feuilles repliées pour l'hiver. De temps à autre, la froide lumière de novembre s'épaississait et une bise traversait le parc, soulevant la poussière. Assis sur des bancs froids devant des tables de pique-nique en ciment, les auditeurs d'Anderson contemplaient la buée de leur propre respiration et faisaient mouvoir leurs doigts gourds et leurs orteils gelés à l'intérieur de leurs chaussures en espérant qu'il finirait bientôt de dire les grâces.

Face au parc se trouvait ce qui restait de l'église congrégationaliste. Anderson avait refusé aux siens de récupérer le bois de l'église, mais l'hiver précédent, des pillards avaient brûlé les portes pour se chauffer et cassé les carreaux pour le plaisir. Le vent avait empli l'église de poussière et de neige et, le printemps venu, le plancher de chêne s'était couvert d'un tapis de jeunes pousses verdoyantes. Heureusement, la chose avait été découverte à temps, mais même ainsi le plancher menaçait de s'effondrer sous son propre poids.

Buddy, portant le dernier costume qui lui restait, frissonnait en écoutant la prière qui n'en finissait pas. Anderson, installé à la place d'honneur, avait lui aussi pour la circonstance revêtu un complet, mais Neil, assis à la gauche de son père et face à Buddy, n'en avait jamais possédé, ce qui lui valait d'être emmitouflé dans des chandails à l'aspect un peu plus confortable.

Les habitants du village avaient pris l'habitude, tels des expatriés qui retournent dans leur pays effectuer de courts séjours pour prouver leur résidence légale, de célébrer toutes les fêtes, à l'exception de Noël, dans les anciens jardins du vieux Tassel. Comme tant de choses déprimantes et désagréables qu'ils étaient obligés de faire, celle-ci était censée maintenir leur moral.

Ayant une bonne fois pour toutes établi le principe que c'était Dieu qui était à l'origine de leurs nombreux avantages, Anderson commença à les énumérer. Le plus marquant de ces bienfaits n'était cependant jamais explicitement mentionné, à savoir le fait qu'après sept ans et demi, ils fussent encore en vie, alors que tant d'autres, l'énorme majorité, étaient morts. Anderson préférait évoquer les réalités plus proches et plus concrètes : l'abondance de la moisson cette année, l'excellente santé de Gracie dans son neuvième mois de gestation (sans référence aux pertes éventuelles), les deux récentes portées de cochons et le gibier qu'avaient ramené les chasseurs. Malheureusement, ce dernier point n'était pas très brillant (un chevreuil et quelques lapins), et une note d'amertume s'insinua dans la prière. Mais Anderson se ressaisit vite et acheva sur une note sereine, louant le Créateur pour la magnificence de sa Création et remerciant l'Eternel de leur réserver le Salut.

Orville fut le premier à répondre *amen*. Il le fit d'une voix ferme et respectueuse à la fois. Neil grogna quelque chose en même temps que les autres et allongea le bras pour prendre la cruche de whisky (ce qu'ils appelaient whisky), qui était encore aux trois quarts pleine.

Lady et Blossom, à l'extrémité de la table proche du barbecue de brique, commencèrent à servir la soupe. Cela rappelait vaguement le lapin et était médiocrement assaisonné avec les herbes du lac.

— Servez-vous bien ! fit Lady gaiement. Il y en a pour tout le monde.

Que dire d'autre un jour d'actions de grâces ?

Comme c'était une fête importante, toute la famille

des deux côtés était réunie. En plus des sept Anderson, il y avait Mae, la sœur cadette de Lady, avec Joel Stromberg, son mari, ancien propriétaire de la Société des Chalets du Lac, et leurs deux enfants, Denny, dix ans, et Dora, huit. Etaient là également les invités d'honneur des Anderson (toujours en période probatoire), Alice Nemerov, R. N., et Jeremiah Orville.

Lady ne pouvait s'empêcher de regretter la présence des Stromberg, car elle était certaine que la vue des enfants ne ferait qu'aviver cruellement chez son mari le souvenir du fils disparu. Et puis, les années n'avaient pas été indulgentes envers sa chère sœur. Dans sa jeunesse, Mae avait été admirée pour sa beauté (quoique probablement moins que Lady), mais à quarante-cinq ans elle était disgracieuse et insupportable. Certes, il lui restait encore sa flamboyante chevelure rousse, mais elle ne servait qu'à souligner davantage la décrépitude du reste. Sa seule vertu était de se montrer une mère attentionnée. Beaucoup trop, de l'avis de Lady.

Lady avait horreur de la tapageuse piété qui accompagnait les fêtes religieuses. Maintenant qu'il n'y avait plus vraiment de festin rituel pour compenser la mélancolie toujours sous-jacente dans ce genre de réjouissance, on ne pouvait plus que souhaiter que tout se terminât le plus tôt possible. Au moins pouvait-elle être satisfaite d'avoir à s'occuper du service. En faisant suffisamment traîner les choses, elle pouvait même échapper à la corvée de manger.

— Neil, murmura Greta en le poussant du coude. Tu ne crois pas que tu bois trop ? Tu devrais t'arrêter.

— Hein ? fit Neil en levant les yeux vers sa femme.

Il avait l'habitude, lorsqu'il mangeait, de mettre le nez dans son assiette, surtout si c'était de la soupe.

— Tu bois *trop*.

— Mais je ne buvais pas, nom de nom ! protesta Neil, assez fort pour que toute la table l'entende. Je mangeais ma soupe !

Greta leva les yeux au ciel avec une mimique expressive. Cela fit sourire Buddy et elle s'en aperçut. Il y eut un battement de cils, rien de plus.

— Et puis, de toute façon, poursuivit Neil d'une voix pâteuse, qu'est-ce que ça peut te faire que je boive ou pas ? Je fais ce qu'il me plaît.

Et pour prouver cette assertion, il se versa une large rasade du liquide distillé à partir de la feuille pulpeuse de la Plante.

Ce n'était pas du Jim Beam, mais Orville pouvait en apprécier la pureté comparativement à ce qu'il avait goûté à Duluth. C'était l'unique usage alimentaire qu'Anderson avait pu trouver pour la Plante, et comme il était loin d'être abstinent pour sa part, il avait donné sa bénédiction à la chose. Il aurait bien fait une remarque sur la façon dont Neil l'éclusait, mais il se tut afin de ne pas avoir l'air de prendre parti pour Greta. Anderson était un partisan convaincu de la supériorité de l'homme dans le ménage.

— Qui désire encore du potage ? demanda Blossom.

— Je veux bien, dit Maryann, assise entre son mari et Orville.

Elle mangeait tout ce qu'elle pouvait, désormais, pour le bébé, pour son futur petit Buddy.

— Moi aussi, déclara Orville avec un sourire dont il avait le secret.

— Et moi, firent à l'unisson Denny et Dora, à qui leurs parents avaient recommandé de manger le plus possible à ce repas, puisque c'était Anderson qui régalait.

— Plus personne n'en veut ?

Tout le monde s'était tourné vers le whisky, qui avait un arrière-goût déplaisant de réglisse.

Joel Stromberg était en train de décrire l'évolution de sa maladie à Alice Nemerov, N. R. :

— Je ne ressens aucune douleur, c'est ça qui est étrange. Mais chaque fois que je veux me servir de mes mains, elles se mettent à trembler. Et maintenant, c'est ma tête. Il faut que vous fassiez quelque chose.

— Je regrette, Mr Stromberg, mais il n'y a rien à faire. Même quand il y avait des médicaments pour cela, ils n'agissaient pas toujours. Au bout de six mois, les symptômes se manifestaient à nouveau. Heureuse-

ment, comme vous venez de le dire, ce n'est pas douloureux.

— Mais vous êtes infirmière, non ?

Ils disaient tous la même chose ! Patiemment, elle
recommença de lui expliquer tout ce qu'elle savait de la
maladie de Parkinson, et même un peu plus. Si seulement elle pouvait attirer quelqu'un d'autre dans la
conversation ! Mais l'unique personne à portée de voix
était le fils Stromberg, beaucoup trop occupé à siffler
en cachette cet horrible tord-boyaux (une gorgée avait
suffi à Alice) dans le verre de Lady qui était devant
lui. Si seulement Lady ou Blossom voulaient bien
cesser de faire le service et s'asseoir une minute, elle
aurait une chance d'échapper à cet abominable hypo-
condriaque.

— Racontez-moi, dit-elle, comment cela a commencé.

On avait fini le poisson, et Blossom entreprit de
débarrasser les arêtes. Le moment que tout le monde
redoutait était arrivé. Tandis que Blossom circulait
avec le plat de polenta fumante d'où émergeaient quelques lambeaux de poulet et de légumes, Lady elle-
même distribua les saucisses. Un silence tomba sur les
convives.

Chacun reçut une saucisse. Elles faisaient vingt centimètres de long et deux de diamètre. Elles avaient été
grillées sur le feu et elles arrivèrent toutes chaudes
dans les assiettes.

Il y a quand même du porc dedans, se dit Alice pour
se rassurer. *Je ne sentirai probablement pas la différence.*

L'attention de tout le monde se tourna vers l'extrémité de la table. Anderson leva son couteau et sa fourchette. Puis, conscient de la solennité du moment, il
découpa un morceau de saucisse brûlante, le porta à sa
bouche et commença à mâcher. Au bout d'un moment
qui parut durer une minute entière, il avala.

Ça y est, par la grâce de Dieu..., se dit Alice.

Blossom était devenue toute pâle et, sous la table

Alice chercha sa main pour lui communiquer une force qu'elle-même n'était pas sûre de posséder.

— Qu'est-ce que tout le monde attend? demanda Anderson. Il y a à manger sur la table.

L'attention d'Alice se porta sur Orville, assis le couteau et la fourchette à la main, avec cet étrange sourire aux lèvres. Leurs regards se croisèrent... et il lui fit un clin d'œil. Quelle drôle d'idée! Mais était-ce bien pour elle?

Orville coupa un morceau de saucisse et se mit à mâcher d'un air inspiré. Un sourire épanoui apparut bientôt sur ses lèvres, comme dans une réclame pour une marque de dentifrice.

— Madame Anderson, lança-t-il, comment vous y prenez-vous? Vous êtes une remarquable cuisinière. Voilà une éternité que je n'ai fait un repas de fête aussi délicieux.

Alice sentit les doigts de Blossom se détendre et glisser de sa main. *Elle se sent mieux, maintenant que le plus difficile est passé*, se dit-elle.

Mais elle se trompait. Il y eut un grand bruit, comme lorsqu'un sac de farine tombe à terre, et Mae Stromberg poussa un cri. Blossom venait de s'évanouir.

Lui, Buddy, n'aurait jamais accepté cela, il n'aurait jamais émis ou défendu une telle idée, mais il est vrai qu'il n'aurait sans doute pas été capable non plus d'assurer la survie du village à travers ces sept années d'enfer. Aussi ignoble, écœurante et barbare que fût la chose, elle avait du moins une justification.

La chose. Ils avaient tous peur de la désigner par son nom. Même Buddy, dans le sanctuaire inviolable de sa propre méditation, reculait devant un tel mot.

La nécessité était une raison suffisante. Il y avait des précédents (le naufrage de la *Méduse*), et Buddy n'aurait pas eu besoin de chercher plus loin une excuse — s'ils avaient été vraiment sur le point de mourir de faim.

Au delà, les explications devenaient plus difficiles et plus métaphysiques. Ainsi, de façon plus ou moins mystique, au cours d'un tel repas, la communauté se voyait renforcée par un lien complexe dont le principal élément était la complicité dans l'assassinat, mais cette complicité n'était établie que grâce à un rituel aussi solennel et mystérieux que le baiser par lequel Judas a trahi le Christ. C'était un sacrement. L'horreur se trouvait subsumée dans la tragédie et, pour les gens du village, le repas de Thanksgiving était une façon d'accomplir, en quelque sorte, en même temps le crime et l'expiation.

Cela, c'était la théorie, mais au fond de son cœur, Buddy ne ressentait rien d'autre que l'horreur, une horreur qui allait jusqu'à la nausée.

Il fit stoïquement passer une nouvelle bouchée avec le tord-boyaux à l'arrière-goût de réglisse.

Neil, lorsqu'il eut englouti sa seconde saucisse, se mit à raconter une histoire salace. Ils l'avaient tous, à l'exception d'Alice et d'Orville, déjà entendue l'année précédente à la même occasion. Orville fut le seul à rire, ce qui fut encore pire que si personne n'avait réagi.

— Où est donc ce fichu chevreuil ? s'exclama Neil, comme si c'était la suite logique de son histoire.

— De quoi parles-tu ? lui demanda son père.

Anderson, lorsqu'il buvait (et aujourd'hui il pouvait presque rendre des points à Neil), avait tendance à broyer du noir. Dans sa jeunesse, il avait eu la réputation d'être bagarreur après sa huitième ou sa neuvième bière.

— Le chevreuil, bon Dieu ! Celui que j'ai rapporté l'autre jour ! On ne peut pas finir un tel repas sans venaison !

— Allons, le gronda Greta. Tu sais bien qu'il a fallu le saler pour l'hiver. Il y a déjà bien peu de viande comme cela.

— Dans ce cas, où est passé tout le gibier ? Il y a trois ans, ces bois grouillaient de cervidés.

— Je me suis moi aussi posé cette question, déclara Orville. (Et à nouveau il était David Niven ou peut-être, un peu plus sombre, James Mason.) La survie, c'est une simple question d'écologie. Voilà mon explication.

L'écologie, c'est la façon dont les différentes plantes et les différents animaux vivent ensemble. En d'autres termes : qui mange qui. Les cervidés — comme à peu près tout le reste, j'en ai bien peur — sont en voie d'extinction.

Il y eut quelques mouvements silencieux mais perceptibles de la part des personnes assises autour de la table qui pensaient cela depuis longtemps mais n'avaient jamais osé l'exprimer en présence d'Anderson.

— Le Seigneur nous viendra en aide, intervint gravement celui-ci.

— Il faut l'espérer, en effet, car la nature seule n'y parviendra pas. Voyez ce qui est arrivé à la terre. Il y avait ici même un sol forestier, le podzol. Tenez... (Il se baissa pour ramasser une poignée de terre grisâtre.) De la poussière. D'ici deux ans, sans herbe ni végétation pour la retenir, toute la couche d'humus aura disparu. Le sol est quelque chose de vivant. Il est peuplé d'insectes, de vers... que sais-je encore.

— De taupes, suggéra Neil.

— Oui, de taupes, répéta Orville comme si c'était exactement ce qu'il cherchait. Et toutes ces créatures vivent des plantes et des feuilles qui pourrissent dans le sol, ou les unes des autres, tout comme nous. Or, vous avez remarqué que les feuilles de la Plante ne tombent pas. Donc, à part les endroits que nous cultivons, le sol est en train de mourir. Ou plutôt il est déjà mort. Et quand le sol est mort, les plantes — nos plantes à nous — ne peuvent plus pousser. Elles ne pourront plus jamais pousser comme avant.

Anderson renifla pour exprimer son mépris devant une assertion aussi péremptoire.

— Mais les cervidés ne vivent pas sous la terre, fit remarquer Neil.

— C'est juste. Mais ce sont des herbivores. Et les herbivores ont besoin d'herbe pour se nourrir. Pendant quelque temps, je suppose qu'ils ont dû brouter les jeunes Plantes qui poussent sur la rive du lac ou, comme les lapins, se contenter de l'écorce des Plantes plus vieilles. Mais ou bien ce régime nutritif ne leur convenait pas, ou bien il n'y avait plus assez de jeunes Plantes, ou encore...

— Ou encore ? demanda Anderson.

— Ou encore les animaux sauvages font l'objet d'une élimination systématique analogue à ce qui s'est passé avec vos vaches l'année dernière, ou à Duluth il y a seulement quelques mois.

— Vous ne pouvez pas le prouver ! s'écria Neil. Je les ai vus, ces tas de cendres dans la forêt, et ils ne prouvent rien. Absolument rien !

Il but une longue gorgée à même la cruche et se mit debout en faisant un grand geste du bras pour montrer à quel point cela ne prouvait rien. Ce faisant, il évalua mal la position ou l'inertie de la table en ciment, de sorte qu'il en heurta le bord et rebondit rudement contre le banc par-dessus lequel il bascula. Il roula lourdement dans la poussière grisâtre en jurant indistinctement. Il avait dû se faire mal. Il était complètement ivre. Greta se leva à son tour en poussant une exclamation indignée.

— Laissez-le où il est, lui dit Anderson.

— Excusez-moi, fit-elle avec animation. Excusez-moi de ne pouvoir rester.

— De quels tas de cendres parlait-il ? demanda Orville à Anderson.

— Je n'en ai pas la moindre idée, répondit le vieillard.

Il prit une gorgée à la régalade et garda le liquide dans sa bouche. Puis il le laissa couler dans son gosier, essayant d'oublier la saveur en se concentrant sur la force.

Le jeune Denny Stromberg se pencha par-dessus la table pour demander à Alice Nemerov si elle avait l'intention de finir sa saucisse. Elle n'en avait pris qu'une bouchée.

— Je ne crois pas, répondit Alice.

— Est-ce que je peux l'avoir, alors ? (Il avait les yeux brillants d'avoir bu en cachette tout cet alcool. Autrement, se disait Alice, il n'était pas du genre à avoir un regard particulièrement vif.) S'il vous plaît, dites ?

— Ne faites pas attention à lui, Miss Nemerov. Il ne voulait pas se montrer impoli. N'est-ce pas, trésor ?

— Tu peux la manger, dit Alice en poussant la saucisse froide dans l'assiette du jeune garçon.

Et aller au diable ! ajouta-t-elle en son for intérieur.

Mae venait de faire observer qu'on était treize à table.

— Et donc, à en croire la vieille superstition, l'un de nous doit mourir avant la fin de l'année, conclut-elle avec un petit rire que son mari fut seul à partager. Hum, je dois dire qu'il commence à faire rudement frais ici, ajouta-t-elle avec un haussement de sourcils destiné à montrer que ses paroles n'avaient pas forcément une seule signification. Quoique, pour la saison, je ne voie pas ce qu'on pourrait demander d'autre.

Personne ne semblait avoir d'avis particulier sur la question.

— Dites-moi, Mr Orville, êtes-vous originaire du Minnesota ? Je vous demande cela à cause de votre accent, vous savez. Il a un je ne sais quoi de britannique, si vous voyez ce que je veux dire. Etes-vous américain ?

— Mae... voyons ! la gronda Lady.

— Mais, c'est vrai qu'il a un accent. Denny l'a remarqué aussi.

— Vous croyez ? (Orville contempla Mae Stromberg avec acuité, comme s'il voulait compter ses cheveux roux un à un, sans cesser de sourire de son étrange façon.) C'est bizarre. J'ai passé toute ma vie à Minneapolis. C'est sans doute la différence de vie entre la ville et la campagne.

— Et vous êtes citadin dans l'âme, tout comme notre Buddy. Je parie que vous donneriez n'importe quoi pour pouvoir le redevenir, hein ? Je connais votre genre, allez. (Et elle accompagna ces mots d'un clin d'œil entendu.)

— Mae, pour l'amour du ciel...

Mais Denny réussit, là où Lady s'était montrée impuissante, à arrêter le flot de paroles de Mrs Stromberg. Il répandit sur la table le contenu de son esto-

mac. Les vomissures éclaboussèrent les quatre dames
— sa mère, Alice, Lady et Blossom — qui se trouvaient
à proximité, et il y eut un instant de panique où elles
s'efforcèrent de se mettre à l'abri du danger qui menaçait de nouveau sur le visage révulsé de Denny. Orville
ne put se retenir : il éclata de rire. Heureusement, il fut
imité par Buddy et par la petite Dora, dont la bouche
était encore pleine de saucisse. Même Anderson émit
un bruit qu'on aurait pu interpréter à la rigueur
comme un rire.

Buddy s'excusa, et Orville se leva à son tour quelques
instants plus tard non sans avoir adressé de nouveaux
éloges à la cuisinière et fait à Blossom un signe discret,
qu'elle perçut néanmoins. Stromberg conduisit son fils
à l'écart, mais pas assez pour que le bruit de la fessée
ne parvienne aux autres

Neil ronflait à même le sol.

Maryann, Dora et Anderson restaient seuls à table.
Maryann était demeurée dans son coin toute la journée, mais comme elle avait bu elle aussi, elle commença à parler.

— Oui, avant, c'était autre chose...

— Excusez-moi, fit Anderson en se levant de table et
en emportant la cruche avec lui.

— ... dans le temps, poursuivit Maryann, tout était
si facile. Il y avait la dinde et la tarte au potiron. Et les
gens étaient si heureux...

Greta, après avoir quitté la table, avait gagné l'église
par un chemin détourné. Avant de s'enfoncer dans
l'ombre du porche, elle avait cherché le regard de
Buddy et ce dernier lui avait fait un imperceptible
signe de tête. Dès qu'il avait pu s'éclipser, il était venu
la rejoindre.

— Salut, lâcheur ! (Apparemment, c'était devenu son
signe de ralliement permanent.)

— Salut, Greta. Tu sembles en forme, aujourd'hui.

Sous le porche, ils étaient à l'abri des regards. Greta
entoura fermement la nuque de Buddy de ses deux
mains glacées et attira ses lèvres contre les siennes.

Leurs dents s'entrechoquèrent et leurs langues renouè-
rent connaissance.

Lorsqu'il commença à la serrer plus fort, elle rejeta
en riant la tête en arrière. Ayant obtenu ce qu'elle voulait, elle pouvait se permettre de le faire languir. C'était
bien Greta, cela.

— Tu as vu comme Neil était saoul? murmura-t-elle.
Complètement rond...

Elle n'avait pas exactement le même regard qu'autrefois et, il était incapable de voir si sous ses vêtements
d'hiver, elle avait gardé le corps dont il se souvenait. La
pensée l'effleura qu'il avait dû changer aussi, mais le
désir qui montait en lui balaya tout le reste. Cette
fois-ci, ce fut lui qui embrassa Greta. Lentement, enla-
cés, ils se laissèrent tomber à genoux sur le sol.

— Non, protesta Greta d'une voix faible. Il ne faut
pas.

C'est dans cette position, à genoux, qu'Anderson les
surprit. Il ne dit rien pendant un long moment, et ils
ne se relevèrent pas non plus. Une étrange expression
de malice se dessina sur le visage de Greta, et Buddy
songea que c'était cela, cela et rien d'autre, qu'elle avait
espéré. Elle avait choisi l'église pour cette raison précise.

Anderson leur fit signe de se relever, et il laissa
partir Greta, après lui avoir seulement craché au
visage.

Est-ce par compassion qu'il n'exigea pas l'application
immédiate de la loi — sa propre loi — qui ordonnait de
lapider les adultères? Ou par faiblesse paternelle?
Buddy ne put rien lire sur le visage du vieillard.

— Je suis venu ici pour prier, commença Anderson
lorsqu'ils furent seuls.

Puis, au lieu de continuer sa phrase, il lança à toute
volée son pied vers Buddy qui pivota à temps — le
vieillard avait dû trop boire — et reçut la lourde chaus-
sure dans sa hanche.

— C'est bon, on en reparlera plus tard, promit
Anderson.

Puis il entra dans l'église pour prier.

De toute évidence, Buddy venait de perdre la position privilégiée dans la faveur de son père qu'il avait acquise au mois de juin dernier. Lorsqu'il quitta l'église, les premiers flocons de l'hiver commençaient à tomber du ciel gris. Buddy les regarda fondre dans le creux de sa main.

L'AVÈNEMENT

Gracie la vache avait ses quartiers dans la salle commune, avec tout le monde. Les poules avaient également un coin à elles, mais les cochons étaient installés à l'extérieur.

Pendant quatre jours, la neige était tombée, lente et régulière comme dans ces presse-papiers de verre abritant un village miniature. Puis, pendant une semaine d'accalmie, les enfants avaient fait de la luge sur l'ancienne rive du lac. Et la neige était arrivée pour de bon, portée par de formidables tourmentes qui menaçaient les murs malgré les amoncellements qui s'étaient formés. Trois ou quatre fois par jour, les hommes étaient obligés de sortir pour enrouler l'auvent qui protégeait la salle commune. Tandis qu'une partie du « toit » était débarrassée de la neige qui l'encombrait et soigneusement roulée, l'autre partie sortait de son abri étanche pour la remplacer. A part cette corvée et donner à manger aux cochons, les hommes n'avaient pas grand-chose à faire lorsque le blizzard soufflait. Les autres tâches — la cuisine, le tressage, les soins à donner aux enfants et aux malades — étaient réservées aux femmes. Plus tard, lorsque le temps s'éclaircirait un peu, ils pourraient essayer de chasser ou, avec plus d'espoir de succès, de pêcher à travers la glace du lac. Il y aurait également toutes les Plantes à abattre.

Ces jours d'inaction forcée étaient les plus difficiles. L'alcool était prohibé dans la salle commune (il y avait suffisamment de bagarres comme cela), et le poker perdait vite tout intérêt lorsque la cagnotte n'avait pas plus de valeur que l'argent dont se servent les enfants dans leurs interminables parties de Monopoly. Il y avait peu de livres à lire en dehors de la Bible reliée en veau d'Anderson (celle-là même qui avait orné autrefois le lutrin de l'église épiscopale), car la place manquait à l'intérieur. Même s'il y avait eu des livres, ils n'auraient intéressé personne. Excepté Orville, peut-être –, il était du genre à ça –, ou Buddy. Lady, elle aussi, avait toujours aimé lire.

En tout état de cause, la conversation dépassait rarement le niveau des simples doléances. Pour la plupart, les hommes imitaient Anderson, assis au bord de son lit à chiquer interminablement la pulpe de la Plante, bien qu'il fût tout à fait douteux que leur longue méditation hivernale pût être aussi profitable que celle du vieillard. Le printemps venu, en effet, toutes les innovations de quelque importance émanaient d'Anderson et de personne d'autre.

A présent, toutefois, il y avait un changement. Anderson n'était plus le seul à savoir penser. Tandis qu'il écoutait Jeremiah Orville exposer ses idées à haute voix, il ne pouvait s'empêcher, par moments, de trouver qu'elles frisaient ouvertement l'hérésie. La façon, par exemple, dont il parlait de la Plante, comme si c'était quelque spécimen de laboratoire particulièrement intéressant, sans plus. Comme s'il admirait son œuvre de conquête. Pourtant, ce que disait Orville était presque toujours sensé. Même lorsque la conversation portait sur le temps, le sujet de prédilection ici, Orville avait son mot à dire.

— Puisque je vous répète, venait d'affirmer Clay Kestner (c'était le premier jour où le blizzard soufflait vraiment fort, mais Clay s'obstinait à défendre ce point de vue depuis quelques années), que ce n'est pas la température qui baisse, mais nous qui sommes davantage en contact avec le froid. C'est psychosomatique. Il n'y a aucune raison pour que le temps refroidisse.

— Tu ne sais pas ce que tu dis, fit Joel Stromberg, en hochant la tête en manière de reproche (à moins que ce ne fût sa maladie). Si cet hiver n'est pas plus froid que ceux que nous avons connus dans les années

77

50 ou 60, je suis prêt à manger mon chapeau. Il y avait des années où on se demandait s'il y aurait de la neige à Noël. Et si tu veux mon opinion, tout ça, c'est parce que le lac a baissé.

— Foutaise! s'entêta Clay, non sans raison.

En temps normal, les propos de Joel et de Clay seraient passés aussi inaperçus que la plainte du vent dans les feuilles rigides de la Plante. Mais cette fois-ci, Orville intervint :

— Il peut très bien y avoir une raison, vous savez : l'anhydride carbonique.

— Qu'est-ce que cela a à voir avec l'âge du capitaine ? railla Clay.

— L'anhydride carbonique, c'est ce que les plantes — toutes les plantes — utilisent en même temps que l'eau lorsqu'elles fabriquent leur nourriture. C'est aussi ce que nous — c'est-à-dire les animaux — exhalons. Depuis l'arrivée de la Plante, on peut penser que l'ancien équilibre entre la quantité de gaz carbonique qu'elle respire et celle que nous rejetons a été modifié en faveur de la Plante. De sorte que l'atmosphère contient moins de gaz carbonique. Or celui-ci a la propriété de retenir la chaleur. Il emmagasine le rayonnement thermique du soleil et réchauffe l'atmosphère. Moins d'anhydride carbonique dans l'air signifie davantage de froid et de neige. Naturellement, ce n'est qu'une théorie.

— Une fichue théorie, si vous voulez mon avis.

— Là, je veux bien être d'accord avec vous, Clay, car elle n'est pas de moi. C'est l'une des raisons avancées par les géologues pour expliquer les grandes glaciations.

Anderson ne croyait pas à la géologie, dont une trop grande partie allait à l'encontre de la Bible. Si ce que disait Orville à propos de l'anhydride carbonique était vrai, l'aggravation du temps (et elle était réelle, personne ne mettait vraiment cela en doute) pouvait être expliquée ainsi. Mais, vérité ou pas, il y avait dans la façon de s'exprimer d'Orville quelque chose qui ne plaisait pas au vieillard. Ce n'était pas seulement la présomption de celui qui a fréquenté l'université, à laquelle Buddy l'avait habitué. C'était plutôt le fait que tous ces grands discours sur les merveilles de la science (ils en avaient subi plus d'un) semblaient tendre vers un unique but : les démoraliser.

Il est vrai qu'en matière de connaissances scientifiques, il était plus fort qu'eux. A contrecœur, Anderson le respectait pour cela. Et puis, Orville avait mis fin aux arguties de Joel et de Clay sur le temps, et il ne pouvait s'empêcher de lui savoir gré de ce simple mérite.

Ce serait bien pire en février et en mars, mais déjà cela devenait pénible : la promiscuité, les querelles futiles, le bruit, la puanteur, l'abrasion de la chair sur la chair et des nerfs sur les nerfs. C'était éprouvant. C'était presque intolérable.

Deux cent cinquante personnes entassées sur deux cents mètres carrés dont une grande partie servait d'entrepôt. L'hiver précédent, avec deux fois plus de monde dans le même espace, avec chaque jour son mort, chaque mois son épidémie nouvelle causée par le froid, cela avait été pire. Les moins résistants — ceux qui n'en pouvaient plus — avaient profité d'un radoucissement trompeur du mois de janvier pour s'enfuir en hurlant hystériquement. Ils n'étaient jamais revenus. Cette année, les murs tressés avaient été consolidés et soigneusement ancrés au sol; les rations étaient moins sévères (bien qu'il y eût pénurie de viande), et pourtant cette existence était intolérable et chacun le ressentait cruellement.

Par-dessus tout, ce que Buddy ne pouvait supporter, c'était la tentation de la chair. Elle s'étalait devant lui, elle l'assaillait de tous ses effluves à longueur de journée. Un seul geste, une seule parole banale prononcée par l'une quelconque des cent femmes présentes, même Blossom, suffisait à éveiller son désir. Mais pour ce qu'il en tirait, il aurait aussi bien pu contempler les fantasmes exsangues d'un film. Il n'y avait simplement pas place, dans l'atmosphère confinée de la salle commune, pour l'érotisme. Sa vie sexuelle se limitait aux rares occasions où il pouvait persuader Maryann, déjà dans son septième mois et encline à attraper froid, de l'accompagner dehors dans la cabane glaciale qui jouxtait la porcherie.

Ce qui n'arrangeait pas les choses, c'est que, tant qu'il faisait jour dans la salle, il ne pouvait, où qu'il se trouvât, tourner la tête sans être à peu près sûr d'apercevoir, à moins de dix mètres de lui, Greta.

De plus en plus souvent, il recherchait la compagnie de Jeremiah Orville. Ce dernier était le genre d'homme, familier à Buddy depuis ses années d'université, qu'il avait toujours apprécié sans que la réciproque fût forcément vraie. Pas une fois Orville n'avait émis une plaisanterie devant lui; pourtant, lorsqu'il parlait — et il ne tarissait jamais —, Buddy ne pouvait s'empêcher de rire. Cela ressemblait trop à des dialogues de films ou de livres, ou à ces anciens shows à la télévision où le présentateur improvisait sur les sujets les plus futiles pour faire rire les gens. Orville n'était jamais grotesque. Son humour consistait en une certaine vision des choses, une façon habile de tourner ses phrases pour les charger de moquerie caustique — mais pas assez pour que quelqu'un comme Anderson pût s'en formaliser. Avec lui, on ne savait jamais sur quel pied danser, de sorte que la plupart d'entre eux — les cambrousards authentiques, comme Neil — préféraient s'abstenir de discuter avec lui, tout en l'écoutant volontiers parler.

Pour Buddy, le savoir encyclopédique de Jeremiah Orville était une source d'émerveillement constant. Il subissait son influence au point d'imiter inconsciemment ses manières, sa façon de parler et de prononcer. Parfois même, lorsque Orville parlait trop longtemps avec quelqu'un d'autre — par exemple Blossom —, il éprouvait un sentiment qui ressemblait à de la jalousie. Et il aurait été surpris d'apprendre que Blossom ressentait exactement la même chose lorsque Orville s'attardait à discuter avec lui.

De toute évidence, Orville avait réussi à se faire aimer de tout le monde. Même Neil pouvait parler en sa faveur, depuis le jour où il l'avait pris à part pour lui raconter tout un répertoire nouveau d'histoires obscènes.

Les chasseurs partaient seuls; les pêcheurs pêchaient en groupe. Neil, qui était chasseur, était heureux de cette occasion de se retrouver seul, mais l'absence de gibier en ce mois de décembre l'éprouvait presque autant que la promiscuité et le vacarme de la salle commune. Cependant, le jour où le blizzard cessa, il tomba sur des traces de chevreuils qui coupaient directement à travers le champ de maïs encore recouvert de neige fraîche. Il les suivit sur plusieurs kilomètres, s'empêtrant dans ses propres raquettes tellement il se pressait. Les traces se terminaient abruptement par un petit cratère de cendres et de glace. Aucune autre piste ne conduisait au cratère ou ne s'en éloignait. Neil jura bruyamment. Puis il hurla, longtemps, sans même s'en rendre compte. Cela le soulagea un peu.

Ce n'est plus la peine maintenant, se dit-il, lorsqu'il retrouva un peu ses esprits. Il décida de se reposer pendant le reste de la journée. Tant que les chasseurs et les pêcheurs ne seraient pas rentrés, la salle commune serait supportable.

Il rentra donc directement et s'installa devant un bol de whisky (c'est tout ce qu'ils avaient trouvé comme nom) à l'arrière-goût prononcé de réglisse, et il commençait à se sentir les paupières lourdes et à ne plus savoir très bien ni ce qu'il regardait ni ce à quoi il pensait (il pensait à Blossom et regardait Blossom), lorsque soudain Gracie se mit à faire un boucan comme elle n'en avait jamais fait, mais qu'il reconnut malgré son cerveau embrumé : Gracie était sur le point de vêler.

Elle émettait de petits grognements porcins. Elle se roulait et se tordait sur le sol. C'était son premier veau, et elle n'était pas tellement large. Ce ne serait pas facile. Neil fit un nœud coulant à une corde et la lui passa autour du cou. Mais elle ruait tellement qu'il ne put lui attacher les pattes et la laissa comme ça. Alice vint à son secours, mais il aurait préféré que son père fût là. Gracie beuglait comme un taureau, maintenant.

Une vache qui met plus d'une heure à vêler est perdue d'avance; une demi-heure c'est déjà beaucoup. Gracie continua de beugler ainsi près d'une demi-heure, se tordant et raclant le sol pour échapper aux douleurs. Neil tirait sur la corde pour la maintenir.

— Je vois sa tête. Il commence à sortir, fit Alice. (Elle était à genoux derrière Gracie pour essayer de l'écarter le plus possible.)

Tous ceux qui étaient dans la salle commune s'étaient assemblés autour d'eux pour assister à la naissance du veau. Après chaque beuglement de douleur, les enfants encourageaient Gracie de leurs cris. Puis les ruades s'amplifièrent, et les beuglements cessèrent. « Ça y est, ça y est! » criait Alice, et Neil fit poids de tout son corps sur la corde.

— C'est un garçon! s'exclama Alice. Dieu soit loué, c'est un garçon!

Neil éclata de rire.

— Un *mâle,* voilà ce que vous voulez dire. Vous autres les citadins, vous êtes tous les mêmes.

Il était satisfait de lui-même car il n'avait commis aucune erreur et tout avait marché à la perfection. Il alla donc déboucher la barrique et se versa à boire pour fêter l'événement. Il demanda à Alice si elle voulait faire comme lui, mais elle se contenta de lui jeter un drôle de regard en lui répondant non.

Il s'assit dans l'unique fauteuil de la salle (celui d'Anderson) et regarda le veau tirer sur les mamelles gonflées de Gracie. Elle ne s'était pas relevée. L'effort avait dû l'épuiser. Encore heureux que Neil eût été là, car elle n'aurait probablement pas survécu. Finalement, cet alcool au goût de réglisse n'était pas si mauvais, une fois qu'on s'y habituait.

Les femmes et les enfants s'étaient tus maintenant. Neil contemplait le veau en se disant qu'un jour, il deviendrait un gros taureau trapu qui monterait Gracie — sa propre mère! Les animaux sont comme ça, pensa-t-il à travers la brume de ses idées. Mais ce n'était pas aussi simple.

Il se versa de nouveau à boire.

Quand Anderson rentra, il n'avait pas l'air particulièrement satisfait de sa journée (l'après-midi était donc déjà fini?), mais Neil se leva de son siège confortable pour l'accueillir joyeusement :

— Tu as vu, p'pa ? C'est un mâle !

Anderson s'approcha, et il avait le même regard mauvais que le soir de Thanksgiving, le même sourire effrayant (bien qu'il n'eût pas dit un seul mot, ni à ce moment-là, ni après, pour lui reprocher d'avoir trop bu à table), et il frappa Neil au visage, le faisant tomber par terre.

— Espèce de satané crétin ! Abruti ! hurla Anderson. Tu ne vois pas que Gracie est morte ? Tu l'as étranglée avec ta corde, enfant de putain !

Il décocha un coup de botte à Neil toujours à terre, puis il se dirigea vers Gracie et l'égorgea là où la corde était encore serrée. Le sang froid coula dans la bassine que tenait Lady, et quelques gouttes se répandirent sur le sol. Le veau tirait toujours sur le pis de la vache morte, mais il n'y avait plus de lait. Anderson l'égorgea aussi.

Ce n'était pas *sa* faute, non ? C'était celle d'Alice. Il haïssait la vieille femme. Il haïssait son père et tous ces salauds qui se croyaient plus intelligents que lui. Il les exécrait. Il les vomissait tous.

Plié en deux, il essayait de contenir à deux mains sa douleur, pour ne pas se laisser aller à hurler de rage et de haine. Mais peut-être, après tout, hurla-t-il quand même ?

Peu avant la venue de la nuit, la neige recommença à tomber presque verticalement dans une atmosphère dépourvue de vent. Dans la salle commune, l'unique lumière provenait d'une lampe-tempête suspendue dans la cuisine où Lady frottait des marmites déjà léchées. Personne ne parlait. Personne n'avait le courage de dire que l'habituelle bouillie de maïs avait gagné à être relevée avec du sang de veau et de vache. Le silence était tel qu'on entendait caqueter et glousser les poulets à l'autre extrémité de la salle.

Lorsque Anderson sortit diriger le dépeçage et le salage des carcasses, il n'invita ni Neil ni Buddy à le suivre. Buddy, assis près de l'entrée de la cuisine sur le paillasson crasseux, faisait semblant d'être plongé dans la lecture d'un manuel de biologie de première année. Il l'avait parcouru si souvent qu'il en connaissait par cœur des passages entiers. Neil était assis devant l'autre porte et essayait de rassembler assez de courage pour aller se joindre aux bouchers.

De tous les habitants du village, Buddy était probablement le seul à se réjouir de la mort de Gracie. Dans les semaines qui avaient suivi Thanksgiving, Neil avait peu à peu regagné la faveur de son père. Maintenant que son demi-frère avait si bien réussi à compromettre ses propres chances, Buddy estimait que seule une question de temps l'empêchait de jouir à nouveau de toutes les prérogatives de la primogéniture. L'extinction d'une espèce (les Hereford constituaient-ils une espèce ?) n'était pas un prix trop élevé pour cela.

Il y avait quelqu'un d'autre qui appréciait la tournure des événements, mais il ne faisait pas tout à fait partie, de son point de vue ou du leur, des gens du village. Jeremiah Orville avait appelé de tous ses vœux la mort de Gracie ou du veau et se voyait comblé, car la préservation d'un troupeau était l'une des grandes fiertés d'Anderson. Grâce à lui, la civilisation-telle-que-nous-l'avons-connue n'avait pas disparu et, pour ceux qui voulaient bien le voir, c'était un signe qu'Anderson était un Elu entre les Elus. Que la main qui avait exaucé Orville fût celle du propre fils du patriarche apportait par surcroît à Orville une satisfaction d'ordre esthétique. C'était comme si quelque divinité éprise de justice et d'équité l'aidait à accomplir sa vengeance. Il exultait, et participait au dépeçage avec une fureur tranquille. De temps à autre, lorsque personne ne le voyait, il avalait un morceau de viande crue — c'était toujours ça de pris, et il était aussi affamé qu'un autre —, mais si cela n'avait tenu qu'à lui, il se serait volontiers laissé mourir de faim à condition de voir Anderson dépérir lentement devant lui.

Un bruit étrange, comme un froissement d'air, attira son attention. C'était quelque chose de vaguement familier, mais il n'arrivait pas à le situer. Cela lui rap-

84

pelait la ville. Joel Stromberg, qui donnait à manger aux cochons, poussa un cri perçant :

— Hé là, hé! Qu'est-ce que...

Brusquement, il se transforma en torche vivante.

Orville n'avait ni vu ni entendu distinctement ce qui se passait, mais sans prendre le temps de penser il plongea derrière le talus de neige voisin. Il se laissa rouler sur la neige poudreuse jusqu'à ce qu'il ne vît plus rien — ni la porcherie, ni les bêtes carbonisées, ni les hommes. Rien que les flammes qui s'élevaient du bâtiment en bois.

— Anderson! hurla-t-il.

Terrifié à l'idée d'abandonner sa future victime aux mains des incendiaires, il retourna en rampant à la recherche du vieillard.

Trois corps sphériques d'environ un mètre cinquante de diamètre flottaient au-dessus de la neige à la lisière de l'incendie. Les hommes (à l'exception d'Anderson, tapi derrière la carcasse de Gracie et brandissant son colt vers la plus proche des sphères) contemplaient le brasier comme s'ils étaient pétrifiés. Des filets d'haleine gelée sortaient de leurs bouches ouvertes.

— Ne gaspillez pas vos balles sur du blindage, monsieur Anderson. Venez — ils vont s'attaquer à la salle commune maintenant. Il faut faire évacuer tout le monde.

Anderson approuva, mais il ne bougea pas.

Orville dut le tirer de force. Dans ce moment de stupeur désemparée, il crut discerner chez le vieillard le germe de ce que Neil était devenu.

Orville entra le premier dans la salle commune. Les murs étaient si enfouis dans la neige que personne ne s'était aperçu de l'incendie. L'atmosphère était, comme tous les soirs, pesante et morose. Beaucoup s'étaient déjà couchés.

— Que tout le monde s'habille immédiatement, commanda Orville d'une voix calme et autoritaire. Sortez par la cuisine le plus rapidement possible et dispersez-vous dans la forêt. Prenez tout ce qui est à portée de la main, mais ne perdez pas de temps à chercher vos affaires. N'attendez personne. Dépêchez-vous.

Ceux qui avaient entendu Orville semblèrent pris de court. Ce n'était pas à lui de donner des ordres.

— Vite, ordonna Anderson. Et ne posez pas de questions.

La confusion fut extrême. Anderson, suivi d'Orville, se dirigea vers l'endroit où était sa famille. Tout le monde enfilait en hâte des vêtements chauds, mais le vieillard les pressa davantage.

Du dehors parvenaient des cris, aussi brefs que le sifflement d'un lapin égorgé. Les machines incendiaires se retournaient contre les spectateurs. Un homme entra en courant dans la salle, les vêtements en feu, et tomba mort sur le sol. La panique gagna tout le monde. Anderson, déjà près de la porte, imposait assez de respect, même au milieu de cette débandade, pour pouvoir faire sortir les siens parmi les premiers. En traversant la cuisine, Lady s'empara au passage d'une marmite vide. Blossom s'était chargée d'une corbeille de linge qui s'avéra trop lourde et qu'elle vida bientôt dans la neige. Orville, dans sa hâte à faire sortir tout le monde, n'avait rien pris. Ils étaient à peine une cinquantaine à courir dans la neige lorsque l'extrémité opposée de la salle commune prit feu. Les premières flammes jaillirent à dix mètres au-dessus du toit, puis commencèrent à grandir, nourries par les sacs de maïs empilés le long des murs.

Il n'est pas facile de courir dans la neige molle. Dès que l'on acquiert de l'élan, on risque de trébucher en avant. Lady et Greta étaient chaussées de simples espadrilles, et d'autres maintenant fuyaient le brasier en chemise de nuit, ou enveloppés d'une couverture.

Les Anderson avaient presque atteint l'orée de la forêt lorsque Lady laissa tomber sa marmite en s'écriant :

— La Bible ! La Bible est restée là-bas !

Personne ne l'avait entendue. Elle courut vers le bâtiment en flammes. Lorsque Anderson s'aperçut de la disparition de sa femme, il était trop tard pour intervenir. Les cris se perdaient au milieu des clameurs générales. Ils s'arrêtèrent pour la regarder.

— Continuez à courir, hurla Orville, mais ils ne l'écoutèrent pas.

La plupart des rescapés avaient maintenant atteint la forêt.

Sur une trentaine de mètres, les flammes illuminaient le pourtour du bâtiment, projetant sur la neige un étrange éclat orangé où dansaient des fumées noires, émanations d'une obscurité devenue visible.

Lady franchit la porte de la cuisine et ne reparut plus. Le toit s'effondra. Les murs s'écroulèrent, comme un château de cartes. Les silhouettes des trois sphères s'élevèrent au-dessus du sol. En formation serrée, elles se dirigèrent vers la forêt, leur bourdonnement couvert par le crépitement des flammes. A l'intérieur du triangle qu'elles définissaient, la neige fondait en bouillonnant et des tourbillons de vapeur s'élevaient.

— Pourquoi a-t-elle fait ça ? demanda Anderson à sa fille, mais voyant qu'elle était au bord de la crise nerveuse, il lui prit le bras d'une main et de l'autre ramassa le rouleau de corde dont il s'était muni dans sa fuite et courut à la suite des autres.

Orville et Neil portaient pratiquement Greta qui était nu-pieds et leur criait des obscénités de sa riche voix de contralto.

Orville était comme les autres en proie à la panique, mais il éprouvait en même temps une sorte d'exaltation libératrice qui lui donnait envie de crier de joie, comme si l'embrasement qu'il avait laissé derrière lui possédait une signification magique et purificatrice.

Lorsqu'il s'écria : « Plus vite ! Plus vite ! », il ne savait pas lui-même s'il s'adressait à Anderson et à Blossom ou aux trois sphères qui apparaissaient derrière eux.

LA DESCENTE AUX ABÎMES

Nous allons peut-être mourir, pensa Maryann lorsqu'ils cessèrent enfin de courir et qu'elle put retrouver ses esprits. Mais c'était impossible. Il faisait si froid ! Elle aurait bien voulu savoir de quoi parlait Anderson. Il avait dit seulement : « Nous allons dresser l'inventaire. » Ils étaient tous assemblés autour de lui dans la neige. Il faisait tellement froid et, quand elle était tombée, elle avait reçu de la neige sous son manteau, dans le cou. Les flocons tombaient toujours dans l'obscurité. Si elle attrapait froid, qu'adviendrait-il d'elle ? Et de son bébé...

— Maryann ? questionna Anderson. Elle est avec nous, n'est-ce pas ?

— Maryann ! répéta Buddy d'une voix impatiente.

— Je suis là, fit-elle en reniflant pour empêcher son nez de couler.

— Eh bien... qu'as-tu pris avec toi ?

Chacune de ses mains engourdies (elle avait oublié ses moufles) tenait quelque chose, mais elle ne se rappelait pas quoi. Elle les leva à hauteur de son visage.

— Des lampes, fit-elle. Celles de la cuisine. Mais il y en a une de cassée. Le verre est brisé.

Elle se souvint alors qu'elle était tombée et s'était écorché le genou.

— Qui a des allumettes ? demanda Orville.

Clay Kestner en avait. Il alluma la lampe intacte. A sa faible lueur, Anderson put compter les présents. « Trente et un. » Un long silence tomba sur le groupe tandis que chaque rescapé examinait les trente autres et faisait le bilan de ses propres pertes. Il y avait en tout dix-huit hommes, onze femmes et deux enfants.

Mae Stromberg éclata en sanglots. Elle avait perdu son mari et sa fille, mais son fils était près d'elle. Dans l'affolement, Denny n'avait pu trouver son soulier gauche et Mae l'avait traîné pendant cinq kilomètres sur l'une des luges des enfants. Après avoir terminé l'inventaire, Anderson ordonna à Mae de se calmer.

— Il reste peut-être encore quelques provisions là-bas, venait de déclarer Buddy. Le feu n'a pas dû tout détruire.

— Je ne sais pas, fit Orville. Ces damnés lance-flammes m'ont paru particulièrement efficaces.

— Combien de temps durera ce que nous avons, si nous nous rationnons? demanda Buddy.

— Jusqu'à Noël, fut la réponse d'Anderson.

— Si nous sommes encore en vie à Noël, dit Orville. Ces machines doivent être en train de ratisser la forêt à la recherche de tous ceux qui ont pu s'échapper. Et puis, il nous faut trouver un endroit où passer la nuit. Personne n'a songé à emporter des tentes.

— Nous retournerons au vieux Tassel, fit Anderson. Nous pouvons nous installer dans l'église et utiliser le bois pour nous chauffer. Quelqu'un sait-il où nous nous trouvons? Ces fichues Plantes se ressemblent toutes.

— J'ai une boussole, proposa Neil. Si vous voulez me suivre, je trouverai le chemin. (Quelque part au loin, on entendit un cri très bref.) C'est dans cette direction, je crois, dit Neil en commençant à marcher vers l'endroit d'où venait le cri.

Ils formèrent une large phalange derrière Neil et s'éloignèrent sous la neige, dans l'obscurité. Orville tirait Greta sur la luge et Buddy portait sur son dos Denny Stromberg.

— Est-ce que je peux te donner la main? lui demanda Maryann.

Buddy la laissa mettre sa main dans la sienne et ils marchèrent côte à côte pendant une demi-heure dans un silence complet.

— Je suis content que tu sois saine et sauve, dit-il enfin.

— Oh!

C'est tout ce qu'elle parvint à dire. Son nez coulait comme un robinet mal fermé, et elle se mit à pleurer doucement. Les larmes gelaient au fur et à mesure sur ses joues glacées. Comme elle était heureuse!

Ils dépassèrent presque le village sans s'en rendre compte. Deux centimètres de neige avaient recouvert les cendres froides et nivelées.

Denny Stromberg fut le premier à rompre le silence :

— Où irons-nous maintenant, Buddy? Où allons-nous dormir?

Buddy ne répondit pas. Trente personnes attendaient en silence qu'Anderson, qui remuait la cendre de la pointe de son soulier, les conduise à la Terre promise.

— Mettons-nous à genoux et prions, dit-il. Prions dans cette église pour que nos péchés nous soient pardonnés. (Il s'agenouilla dans la neige et les cendres :) Seigneur tout-puissant et miséricordieux...

Une silhouette émergea de la forêt, une femme essoufflée, courant, trébuchant, enveloppée d'une simple couverture. Elle tomba à genoux au milieu du groupe, incapable de prononcer un mot. Anderson cessa de prier. Dans la direction d'où elle était venue, une faible lueur faisait pâlir l'obscurité de la forêt comme si, très loin, une bougie était allumée à la fenêtre d'une maison.

— C'est Mrs. Wilks, annonça Alice Nemerov et, au même instant, Orville suggéra :

— Nous ferions mieux d'aller ailleurs pour prier. On dirait que c'est un nouveau foyer.

— Il n'y a pas d'autre endroit, dit Anderson.

— Il faut qu'il y en ait un, insista Jeremiah Orville. (Dans le feu de l'action, il avait perdu de vue son objectif premier : épargner Anderson et son clan pour ses propres desseins, pour une vengeance plus lente et plus raffinée. A présent, l'instinct de conservation était seul à jouer.) Même s'il n'y a plus d'habitations, nous devons pouvoir trouver un abri : un rocher, une grotte, un souterrain...

Il s'interrompit. Une corde de sa mémoire avait vibré. Un rocher ? Une grotte ?

— Une grotte ! Blossom ! Un jour, lorsque j'étais malade, tu m'as dit que tu connaissais une grotte. Que tu n'avais jamais vu de mine, mais une grotte oui. Est-elle par ici ?

— C'est près de la rive du lac. L'ancienne rive. Près des Chalets Stromberg. Ce n'est pas très loin d'ici, mais j'étais toute petite. Je ne sais pas si elle existe toujours.

— Est-ce qu'elle était grande ?

— Très grande. Du moins, c'est l'impression que j'ai eue à l'époque.

— Pourrais-tu nous y conduire ?

— Je ne sais pas. C'est déjà difficile, l'été, de trouver son chemin avec toutes ces Plantes. Il n'y a plus aucun point de repère. Et avec la neige, en plus...

— Conduis-nous, ma fille ! En route ! commanda Anderson. (Il était, dans une certaine mesure, redevenu lui-même.)

Ils laissèrent la femme à demi nue derrière eux, dans la neige. Non pas par cruauté : ils l'oublièrent, simplement. Quand ils furent partis, elle leva les yeux et implora :

— S'il vous plaît...

Mais ceux à qui elle s'adressait n'étaient plus là. Peut-être n'y avait-il jamais eu personne. Elle se releva et la couverture glissa à terre.

Il faisait extrêmement froid. Elle entendit le bourdonnement désormais familier et se mit à courir, désespérément, vers la forêt, dans la direction opposée à celle que Blossom avait prise.

Les trois sphères incendiaires flottèrent jusqu'à l'endroit où la femme était tombée prostrée, transformèrent la couverture en un petit tas de cendres bien net et suivirent sans se hâter les traces de sang laissées dans la neige par Mrs. Wilks.

Une grande partie de l'ancienne rive du lac était encore reconnaissable sous le manteau de neige : la configuration rocheuse, les marches qui descendaient dans l'eau — ils retrouvèrent même un pieu ayant jadis appartenu à l'appontement de la station balnéaire. Blossom estimait que l'entrée de la grotte devait se trouver à une centaine de mètres de là. Elle marcha sur la crête rocheuse qui dominait de trois mètres l'ancienne plage, en s'arrêtant de temps à autre pour éclairer les crevasses possibles avec sa lanterne. Suivant ses indications, Buddy déblayait la neige à l'aide de la pelle qu'il avait, en même temps qu'une hache, récupérée dans la salle commune. Les autres grattaient la neige (qui s'était accumulée dans les creux sur plus d'un mètre d'épaisseur) avec leurs mains, gantées ou pas selon leur bonne fortune.

Le travail progressait lentement, car Blossom croyait se souvenir que l'entrée de la grotte se situait à mi-hauteur des rochers. Pour pouvoir creuser, ils devaient se glisser entre les blocs recouverts de neige. Tout cela se faisait dans une obscurité quasi totale tandis que la neige tombait d'un ciel sans lune. Malgré les risques que cela leur faisait courir, ils n'avaient même pas le temps d'être minutieux dans leurs recherches. De temps en temps sur l'injonction de l'un d'entre eux, ils s'interrompaient brusquement pour tendre l'oreille afin de saisir le bourdonnement sinistre de leurs poursuivants que quelqu'un avait cru entendre.

Sous le poids inaccoutumé de cette responsabilité, Blossom s'affolait, courant de rocher en rocher : « Ici ! » s'écriait-elle, puis elle se remettait à courir : « Non, ici ! » Elle était bien à deux cents mètres de l'ancien appontement, et Buddy commençait à se demander si cette fameuse grotte existait vraiment.

S'ils ne la trouvaient pas, alors c'était pour eux la fin immédiate.

Ce qui le tourmentait le plus, dans l'idée de mourir ainsi, c'est qu'il ne connaîtrait jamais la raison de leur destruction. S'il s'agissait d'une invasion (et même son père ne pouvait plus avoir aucun doute là-dessus maintenant : le Seigneur n'avait pas besoin de machines pour exercer sa vengeance), qu'est-ce que les envahisseurs voulaient ? La Plante était-elle douée d'intelligence ? Non, c'était impossible. Ce n'était qu'un végétal. Il fallait supposer que les vrais envahisseurs, ceux qui étaient à l'intérieur des globes incendiaires — ou qui les avaient construits — voulaient s'approprier la Terre uniquement pour y faire pousser leur satanée Plante. La Terre n'était-elle donc pour eux rien d'autre qu'un immense champ de culture ? Dans ce cas, pourquoi n'y avait-il pas eu de moisson ?

Il était humilié à l'idée que sa race, son espèce, sa planète avaient été vaincues avec tant de facilité apparente. Il ne pouvait supporter de penser que tout cela ne signifiait rien pour l'envahisseur, que le processus entier de leur destruction était mécanique, en d'autres termes, que l'ennemi ne leur faisait pas la guerre mais se débarrassait, tout au plus, des insectes nuisibles qui encombraient son jardin.

Ils découvrirent l'entrée de la grotte par hasard — Denny Stromberg tomba dedans. Sans cette chance, ils auraient pu chercher pendant tout le reste de la nuit car tout le monde était passé devant sans rien voir.

La grotte s'étendait bien plus loin que ne portait la lueur de la lanterne, mais tout le monde descendit sans attendre qu'elle fût explorée. Les adultes, à l'exception d'Anderson, de Buddy et de Maryann (qui mesuraient moins d'un mètre soixante-cinq) durent se baisser pour éviter de se cogner la tête contre la voûte rocheuse. Anderson déclara que le moment était venu de remercier silencieusement le Seigneur, et Orville accueillit ce moment de répit avec soulagement. Blottis les uns contre les autres pour avoir un peu de chaleur, adossés à la paroi inclinée de la grotte, ils s'efforcèrent de retrouver la notion de leur identité, de leur propre continuité, du toucher, toutes choses qu'ils avaient perdues au cours de leur fuite éperdue dans la neige. Ils laissèrent la lampe brûler, car Anderson jugeait les allumettes plus précieuses que l'huile.

Après cinq minutes de recueillement silencieux, Anderson, Buddy, Neil et Orville (ce dernier n'appartenait pas à la hiérarchie familiale, mais avait été le premier à penser à la grotte et à une foule d'autres choses qu'Anderson ne tenait pas à se rappeler) partirent explorer le fond de la grotte. Elle était vaste, mais pas autant qu'ils l'avaient espéré. Elle s'étendait sur une dizaine de mètres et ses parois se rétrécissaient continuellement. Tout au fond, il y avait une petite cavité emplie d'ossements.

— Des loups, déclara Neil.

Un examen plus approfondi confirma ce jugement, car ils découvrirent les squelettes des loups eux-mêmes, tout aussi nettoyés que les autres et disposés au-dessus de la pile.

— Les rats, décida Neil. Ce n'est rien d'autre que les rats.

Pour atteindre cette extrémité de la grotte, ils avaient dû se glisser entre les racines gigantesques d'une Plante qui avaient percé la voûte rocheuse. En revenant du tas d'ossements, les quatre hommes l'examinèrent avec soin car c'était la seule autre particularité notable de la grotte. La racine de la Plante, à ce niveau-là, était très peu différente du tronc. A en juger par la courbure de sa partie visible, son diamètre devait être de quatre ou cinq mètres. Près du sol, la racine lisse avait été érodée, un peu comme les grosses tiges vertes rongées par les lapins à la surface. Mais ici, les traces étaient beaucoup plus profondes.

Orville se baissa pour les regarder de plus près.

— Ce ne sont pas les lapins qui ont fait ça. Cela va jusqu'au cœur du bois. (Il passa sa main dans le trou sombre. La couche externe de bois n'avait pas plus d'une trentaine de centimètres de profondeur. Au-delà, sa main rencontra ce qui semblait être un enchevêtrement de fibres, et plus loin... le vide. Le néant.) C'est creux à l'intérieur ! s'exclama-t-il, tandis que son épaule touchait le tronc.

— Impossible, fit Anderson. (Il se baissa lui aussi à côté d'Orville et passa le bras dans la fente.)

— Les lapins n'ont pas pu creuser un tel trou, insista Orville.

— Je vous dis que ce sont les rats, s'obstina Neil. (Mais comme de coutume, personne ne fit attention à lui.)

— C'est creux naturellement. Comme une tige de pissenlit. Cela pousse ainsi.

— Cette Plante est morte, fit Anderson. Ce sont les termites qui ont fait ça.

— Les seules Plantes mortes que j'aie jamais vues, Mr Anderson, sont celles que nous avons tuées. Si vous n'avez pas d'objection à faire, j'aimerais descendre voir ce qu'il y a en bas.

— Je ne vois guère à quoi cela nous servirait. Je trouve que vous manifestez une curiosité malsaine à l'égard de ces Plantes, jeune homme. Parfois, j'ai l'impression que vous êtes plus de leur côté que du nôtre.

— Cela servirait, rétorqua Orville à demi sincère (car il n'osait pas encore exprimer son véritable espoir à haute voix), à nous ménager une voie de retraite éventuelle, au cas où nous serions suivis jusqu'ici.

— Il a raison, tu sais, renchérit Buddy.

— Je n'ai pas besoin de ton aide pour savoir ce que j'ai à faire. Ni de la tienne, ajouta Anderson en voyant que Neil commençait à sourire. Une fois de plus, c'est vous qui avez raison, Jeremiah...

— Appelez-moi simplement Orville. Comme tout le monde.

Anderson eut un sourire acide.

— Bon. Eh bien, quand commençons-nous ? Si je me souviens bien, quelqu'un a réussi à emporter une hache. Ah, c'est toi, Buddy ? Va la chercher. Pendant ce temps, vous — il désigna Orville — veillerez à ce que tout le monde s'installe dans le fond de la grotte, qui est moins froid et peut-être moins dangereux. Trouvez aussi un moyen de bloquer l'entrée pour que la neige la recouvre à nouveau. Utilisez votre veste, s'il le faut.

Lorsque l'ouverture de la racine eut été suffisamment élargie, Anderson y passa la lanterne et glissa son torse osseux à l'intérieur. La cavité se rétrécissait rapidement vers le haut pour ne devenir qu'un entrelacs serré de fibres végétales. Il y avait peu de possibilités de se ménager une sortie de ce côté-là — tout au moins pas sans un travail considérable. Mais au-dessous s'étendait un abîme que la faible lueur de la lampe ne parvenait pas à sonder. Sans compter que sa portée était encore diminuée par un réseau de filaments légers comme de la toile d'araignée qui emplissaient le vide de la racine. La lumière qui filtrait à travers cette gaze était si diffuse qu'à partir de quatre ou cinq mètres de profondeur on ne distinguait plus qu'un vague poudroiement rosé.

Anderson balaya d'un revers de main les filaments de gaze qui cédèrent sans résistance. C'est à peine si sa main calleuse les sentit au passage.

Le vieillard extirpa son torse de l'ouverture étroite.

— Il n'y a aucune issue possible, dit-il. Le haut est entièrement bouché. Mais cela descend, cependant. Je n'ai pas pu voir jusqu'où. Jetez-y vous-même un coup d'œil, si vous voulez.

Orville passa la tête à l'intérieur du trou. Il s'attarda si longtemps qu'Anderson commença à manifester une certaine impatience. Lorsque Orville ressortit, il souriait de toutes ses dents :

— C'est parfait, Mr Anderson. C'est là que nous allons descendre.

— Vous êtes fou, décréta Anderson. Vous trouvez que nous n'avons pas assez de problèmes où nous sommes ?

— L'avantage (et c'était cet espoir qu'il n'avait osé formuler tout à l'heure), c'est que plus nous descendrons, plus nous serons au chaud. Dès qu'on atteint une profondeur de quinze mètres, la température se stabilise autour de dix degrés. Il n'y a plus alors ni hiver ni été. Si on préfère avoir plus chaud, il suffit de descendre un peu. La température monte d'un degré tous les trente mètres.

— Qu'est-ce que c'est que toute cette histoire ? s'esclaffa Neil.

Il était vexé de voir qu'un étranger se permettait de leur dicter sans cesse ce qu'ils avaient à faire. De quel *droit* ?

— Je sais de quoi je parle, n'oubliez pas que je suis ingénieur des mines. N'est-ce pas à cela, après tout, que je dois d'être en vie ? (Il leur laissa le temps d'accuser le coup, puis continua calmement :) L'un des plus gros problèmes dans l'exploitation des gisements profonds c'est de maintenir les galeries à une température supportable. Le moins que nous puissions faire, c'est nous assurer de la profondeur de cette cavité. Elle doit faire quinze mètres au minimum, c'est-à-dire seulement un dixième de la hauteur totale de la Plante.

— Il n'y a plus aucun sol à quinze mètres de profondeur, objecta Anderson. Rien que du roc. Rien ne peut pousser sur du roc.

— Allez dire cela à la Plante. J'ignore si elle descend aussi loin, mais je persiste à penser que nous devrions l'explorer. Nous avons une corde, et de toute façon les fibres sont assez solides pour supporter le poids de n'importe lequel d'entre nous. Je l'ai vérifié. (Il s'interrompit un bref instant avant de reprendre son argument de prédilection :) Quoi qu'il en soit, cet endroit pourra toujours nous servir de refuge au cas où *ces choses* retrouveraient notre trace.

Ces dernières paroles se révélèrent aussi fondées qu'efficaces : à peine Buddy (il avait été choisi parce qu'il était le plus léger d'entre eux) était-il descendu le long de la corde jusqu'au niveau du premier embranchement de racines secondaires, qu'on entendit à l'entrée de la grotte un crépitement sourd analogue au bruit d'une bouteille que des enfants s'amusent à remplir de sable. L'une des sphères avait découvert la grotte et essayait de se frayer un chemin à travers l'étroite fissure.

— Tire ! hurla Neil à son père. Tire-lui dessus !

Et il secoua frénétiquement l'étui du *Python* qui pendait à la ceinture d'Anderson.

— Je n'ai pas l'intention de gâcher de précieuses munitions. Ote tes mains de là, et aide plutôt les autres à descendre dans ce trou.

Orville n'eut pas besoin de plaider sa cause davantage. Il ne leur restait plus rien d'autre à faire. La nécessité dictait leur conduite. Il recula à l'écart de la bousculade et écouta la sphère essayer de forcer l'entrée de la grotte. Par certains côtés, songea-t-il, ces machines n'étaient pas plus douées de cervelle qu'une poule qui s'entête à gratter le sol pour franchir une clôture métallique qu'elle pourrait aisément contourner. Pourquoi n'utilisait-elle pas ses formidables moyens de destruction ? Peut-être fallait-il que les trois sphères fussent groupées pour pouvoir cracher leur venin? En tout cas, c'étaient presque sûrement des automates. Elles n'étaient pas plus maîtresses de leurs propres destinées que les animaux qu'elles étaient programmées pour traquer. Orville n'avait de sympathie ni pour ces machines stupides ni pour leurs proies. Il se sentait plutôt solidaire de celui qui tirait les ficelles, jusqu'au moment où la nécessité le rappela à la réalité et où il courut rejoindre ses compagnons d'infortune.

La descente s'accomplit avec promptitude et efficacité. En raison de l'étroitesse du passage, un seul pouvait s'y glisser à la fois mais la peur était là pour donner des ailes à tout le monde. La présence invisible (la lanterne était en bas avec Buddy) de la sphère métallique qui rongeait peu à peu les parois et la voûte de la grotte suffisait à les inciter à se hâter.

Avant de se laisser descendre dans le trou, chacun faisait un paquet de ses vêtements les plus encombrants et les laissait tomber devant lui. Finalement, il ne resta plus qu'Anderson, Orville, Clay Kestner, Neil et Maryann. Pour Clay et Neil (les plus gros du village) et pour Maryann à présent dans son huitième mois, il était évident qu'il faudrait élargir l'ouverture. Neil s'attaqua aux fibres pulpeuses avec une précipitation accrue et un grand gaspillage d'énergie. Maryann passa d'abord. Lorsqu'elle arriva à hauteur de l'embranchement où Buddy était toujours à califourchon, ses mains étaient en sang car elle s'était laissée glisser trop vite. Lorsque son mari l'agrippa, elle sentit toutes ses forces l'abandonner. Elle était incapable d'aller plus loin. Neil et Kestner descendirent à leur tour, et ensemble ils portèrent Maryann dans les profondeurs de la racine secondaire.

Anderson cria : « Attention à vos têtes! » et une avalanche d'objets de toutes sortes — provisions, marmites, paniers, luge, vêtements, tout ce qui avait pu être sauvé de l'incendie — descendit dans l'abîme, arrachant au passage le délicat réseau de filaments. Buddy essaya de compter les secondes qui s'écoulaient avant que les objets touchent le fond, mais il était incapable de distinguer le crépitement des projectiles qui rebondissaient d'une paroi à l'autre du bruit de leur arrivée. Lorsqu'il ne resta plus aucun objet, Anderson se laissa glisser le long de la corde.

— Et Orville ? lui demanda Buddy. Qui va lui tenir la corde ?

— Je n'ai pas pensé à le lui demander. Où sont les autres ?

— Plus bas...

Il fit un geste vague en direction du gouffre obscur de la racine secondaire. La lanterne éclairait le puits vertical, où la descente était la plus dangereuse. La racine secondaire faisait un angle de quarante-cinq degrés par rapport à la racine mère. La voûte (car ici on pouvait parler d'une voûte et d'un sol) s'élevait à une hauteur d'un peu plus de deux mètres. La racine était tapissée d'un entrelacement de fibres, ce qui permettait de descendre facilement la pente. Tout l'espace intérieur avait été tendu du même réseau de filaments fragiles, mais ceux qui les avaient précédés avaient presque tout arraché.

Orville arriva derrière eux, une extrémité de la corde passée autour de la taille à la manière d'un alpiniste. Précaution qui s'avéra inutile, car les fibres — ou les lianes — formaient un réseau aussi rigide qu'inextricable.

— Eh bien ! déclara Orville avec un enjouement presque indécent. Il semble que tout le monde soit arrivé à bon port. Si nous descendions à la cave, où se trouve le garde-manger ?

Il se sentait à ce moment en proie à une exaltation quasi divine, car la vie d'Anderson avait été suspendue à un fil, et ce fil, il l'avait littéralement tenu entre ses mains... libre à lui de décider si le vieillard devait mourir immédiatement ou souffrir un peu plus longtemps. Certes, le choix n'avait pas été difficile à faire, mais il n'en avait pas moins existé !

ET LE VER RONGERA
LA PULPE SUCRÉE...

Lorsqu'ils eurent descendu la racine inclinée sur une dizaine de mètres, ils arrivèrent à une sorte de carrefour. Trois voies s'offraient à eux, aussi praticables que celle qu'ils venaient d'emprunter. Deux partaient vers le bas, sur la gauche et la droite; la troisième grimpait presque verticalement.

— C'est drôle, fit remarquer Buddy. D'habitude, les racines ne poussent pas vers le haut.

— A quoi vois-tu qu'elle pousse vers le haut? lui demanda Orville.

— Il suffit de la regarder... on voit bien qu'elle monte.

— Ce n'est pas aussi simple. Si nous levons la tête pour la regarder, c'est peut-être qu'elle *descend* vers nous... d'une autre Plante, peut-être?

— Vous voulez dire, intervint Anderson, que toutes les Plantes pourraient communiquer par leurs racines?

Il s'avança dans le cercle de lumière en fronçant les sourcils. Chaque découverte concernant la Plante semblait l'irriter, même si elle servait ses desseins.

— Il n'y a qu'une façon de s'en assurer, Mr Anderson, c'est de la suivre. Si elle nous conduit à une autre racine principale...

— Nous n'avons pas le temps de jouer aux explorateurs. Nous devons d'abord retrouver nos affaires. Pensez-vous que nous y parviendrons ainsi, ou faut-il rebrousser chemin et visiter l'autre ramification?

— C'est difficile à dire. La voie où nous sommes est

plus facile, plus rapide et, pour le moment, plus sûre. Si les racines communiquent régulièrement, nous pouvons trouver un autre passage pour rejoindre beaucoup plus bas le puits principal. A mon sens...

— C'est moi qui décide, l'interrompit Anderson, regagnant une partie de son autorité.

Il envoya Buddy en éclaireur avec la lanterne et une extrémité de la corde. Les trente autres suivirent en file indienne. Anderson et Orville fermaient la marche, guidés seulement par les bruits de la petite troupe car ni la lumière ni la corde n'arrivaient jusqu'à eux.

Mais ce n'étaient pas les bruits qui manquaient : le froissement des pieds sur les fibres végétales, les jurons lancés par les hommes, Denny Stromberg qui pleurnichait. De temps à autre, la voix de Greta demandait dans l'obscurité : « Mais où sommes-nous ? Où diable sommes-nous donc ? » Tout cela noyé au milieu de bruits divers. Il y avait eu, déjà, quelques éternuements précurseurs, mais personne n'y avait prêté attention. Les trente et un êtres humains qui progressaient à l'intérieur de la racine étaient encore plongés dans un état de choc. La corde à laquelle ils se raccrochaient était à la fois leur seul espoir et leur seule raison de vivre.

Anderson ne cessait de se prendre les pieds dans les lianes. Orville passa son bras autour de la taille du vieillard pour l'aider. Il le repoussa brutalement :

— Fichez-moi la paix ! Vous croyez que je ne sais pas marcher tout seul ?

Mais lorsqu'il trébucha de nouveau, il tomba de tout son long, s'écorchant le visage sur les lianes rêches qui tapissaient le sol. Il se releva, étourdi, et serait tombé une nouvelle fois si Orville ne l'avait pas aidé. Malgré lui, le vieillard éprouva un élan de gratitude pour le bras qui le soutenait. Dans l'obscurité, il ne voyait pas qu'Orville était en train de sourire.

S'enfonçant plus avant dans la Plante, ils dépassèrent deux intersections semblables à la première. Les deux fois, Buddy prit à gauche, de sorte que leur progression avait approximativement l'allure d'une spirale. Le diamètre de la racine ne semblait pas diminuer; en fait, depuis quelques mètres, il paraissait grandir, au contraire. Il n'y avait pas de danger qu'ils se perdent, car la destruction des filaments laissait derrière eux une piste évidente à travers le labyrinthe.

Un brusque arrêt en tête de la file se répercuta jusqu'à Anderson et Orville. Ils remontèrent vers Buddy.

Ce dernier passa la lanterne à son père :

— Nous sommes dans un cul-de-sac, annonça-t-il. Il va falloir rebrousser chemin.

A cet endroit, le diamètre de la racine était encore plus grand et le réseau de filaments plus dense. Au lieu de se briser sous les doigts d'Anderson, ils s'arrachaient par poignées comme du vieux crin. Anderson en écrasa un morceau dans sa main et le réduisit en une petite boule compacte. On eût dit de la barbe à papa ou de la mie de pain d'une texture particulièrement légère.

— Nous allons tenter de nous frayer un chemin, dit Anderson.

Il fit un pas en arrière et lança son épaule dans la masse friable comme pour enfoncer une porte. Son élan l'emporta à plus de deux mètres. Puis, comme il n'avait plus rien de solide sous les pieds, il s'enfonça peu à peu et commença à disparaître. Inexorablement, la substance fibreuse se dérobait sous son poids. Buddy réussit à lui tendre le bras et Anderson agrippa de justesse les dernières phalanges de ses doigts repliés. Mais Buddy fut déséquilibré et entraîné dans la chute du vieillard. Il heurta la masse filamenteuse horizontalement, ce qui eut pour effet de ralentir les deux hommes comme un parachute, et ils se retrouvèrent sans une égratignure trois mètres plus bas.

Comme ils tombaient, une puissante odeur sucrée de fruit en décomposition se répandit derrière eux.

Orville fut le premier à comprendre ce que cela signifiait pour eux. Il façonna une boule d'ouate de densité moyenne et la porta à sa bouche. La saveur anisée qui caractérisait la Plante était présente, mais il y avait en plus une richesse, un contentement tout nouveaux. Avant même qu'il en eût analysé le goût, sa langue, son

ventre et chaque cellule mal nourrie de son corps récla-
maient impérieusement une autre bouchée.

— Lancez-nous la corde, fit Anderson d'une voix
encore rauque d'émotion.

Au lieu de laisser filer la corde, Orville, avec un hur-
lement de joie libératrice, se laissa tomber à pieds
joints dans la masse cotonneuse. Happé par l'obscurité,
il s'adressa au vieillard au-dessous de lui :

— Vos prières ont été entendues, Mr Anderson. Vous
nous avez fait traverser la mer Rouge, et voilà que le
Seigneur nous envoie sa manne. Goûtez-y ! Nous
n'avons plus à nous soucier des provisions. Le mystère
de la Plante est éclairci. Son fruit, le voilà. C'est la
manne céleste !

Il s'ensuivit une brève panique au bord du puits. Mae
Stromberg se foula la cheville. Anderson s'abstint de
risquer son prestige en allant à l'encontre d'une faim
trop longtemps réprimée. Lui-même hésitait à mordre
dans le fruit car il pouvait être toxique, mais tout son
corps protestait contre un tel excès de prudence. De
plus, si tous les autres devaient mourir empoisonnés, à
quoi bon survivre ?

Cela n'avait pas mauvais goût.

Oui, se dit Anderson, *je comprends qu'il compare
cela à la manne céleste*. Et tandis que la ouate sucrée
se condensait sur sa langue en gouttelettes de miel, il
se mit à haïr la Plante encore plus, parce qu'elle semblait devenue leur alliée et leur providence, parce
qu'elle distillait un si délicieux poison.

A ses pieds, la lanterne brillait d'un éclat inhabituel.
Le sol, bien que suffisamment ferme pour supporter
son poids, n'avait pas la dureté de la pierre. Anderson
sortit son couteau de poche, nettoya une section de
filaments enchevêtrés et découpa une lamelle de substance plus dure. Elle se révéla plus riche et plus agréa-
ble que la ouate, et d'une acidité bien moindre. Il se
tailla un autre morceau. Il ne pouvait résister au plaisir
d'en manger.

Autour de lui, hors de portée de la lanterne, les habitants de Tassel (mais Tassel existait-il encore, et pouvait-on parler de ses habitants ?) reniflaient et man-

geaient comme autant de cochons autour d'une auge. La plupart ne prenaient pas la peine de réduire la manne à des dimensions plus pratiques et la poussaient aveuglément dans leur bouche en y mettant tous leurs doigts et en s'étranglant dans leur précipitation goulue. Des lambeaux de pulpe adhéraient à leurs vêtements et se collaient dans leurs cheveux. Il y en avait jusque dans leurs cils.

Une silhouette s'avança dans la sphère de lumière. C'était Jeremiah Orville.

— Je suis désolé, dit-il, d'être la cause de tout cela. J'aurais dû vous laisser parler le premier. Je n'ai pas réfléchi.

— Ça ne fait rien, l'assura Anderson, la bouche pleine de pulpe à demi mâchée. Les choses auraient tourné ainsi de toute façon. Ni vous ni moi n'aurions pu l'en empêcher.

Orville s'assit près du vieillard.

— Demain matin..., commença-t-il.

— Demain? Ce doit être le matin maintenant.

En fait, ils n'avaient aucun moyen de le savoir. Leurs seuls instruments en état de marche — un réveil et deux montres-bracelets — restaient toujours, pour des raisons de sécurité, dans une boîte à l'intérieur de la salle commune. Personne n'avait pensé à emporter la boîte en fuyant l'incendie.

— Oui, quand ils auront mangé et dormi tout leur content — c'est ce que je voulais dire — vous pourrez les mettre au travail. Nous avons perdu une bataille, mais il reste une guerre à mener.

Le ton d'Orville était poliment optimiste, mais Anderson voyait les choses en noir. Avoir trouvé ce refuge après la catastrophe n'enlevait rien à la précarité de leur situation. En fait, ce n'était que maintenant qu'il avait cessé de fuir qu'Anderson se rendait compte de l'ampleur du désastre.

— Quel travail? demanda-t-il en recrachant le reste de fruit qu'il avait dans la bouche.

— Tout ce que vous ordonnerez. Partir en exploration. Aménager ici un coin habitable. Retourner chercher nos affaires au fond de la racine principale. Bientôt, vous pourrez même envoyer quelqu'un en reconnaissance à la surface pour voir si rien ne peut être récupéré après l'incendie.

Anderson ne fit pas de réponse. A contrecœur, il reconnaissait qu'Orville avait raison. Il admirait malgré lui les ressources de cet homme, exactement comme il aurait admiré, vingt ans plus tôt, la technique d'un adversaire au cours d'une échauffourée à *la Taverne du Renard Roux.* Même s'il faisait un peu trop le malin au goût d'Anderson, le bougre savait garder les pieds sur terre, on ne pouvait lui ôter ça.

Bizarrement, le vieillard sentait tout son corps tendu comme pour la bagarre. Exactement comme s'il avait bu.

Orville était en train de dire quelque chose.

— Hein ? fit Anderson avec agressivité, espérant qu'il allait, ce sale morveux, lui donner un motif de lui écraser son poing dans la figure.

— Je disais... pour votre femme, je suis sincèrement navré. Je ne comprends pas pourquoi elle a fait cela. Je sais ce que vous devez ressentir.

Anderson desserra les poings, sa mâchoire se détendit. Il sentit les larmes lui monter aux yeux, ces larmes longtemps refoulées qu'il ne pouvait pas encore laisser jaillir. Il ne pouvait plus s'accorder la moindre défaillance maintenant.

— Merci. (Il tailla une large tranche dans le fruit succulent, la partagea en deux et donna un morceau à Jeremiah Orville.) Je n'oublierai pas ce que vous avez fait ce soir, dit-il.

Lorsque Orville le quitta pour partir à la recherche de Blossom, Anderson était plongé dans une sombre et morose méditation. Il pensait à sa femme. Il ne comprenait pas pourquoi elle avait accompli ce qu'il considérait comme un véritable suicide. Il ne saurait jamais, nul ne saurait jamais que c'était uniquement pour lui qu'elle était retournée. Il n'avait pas encore eu le temps de penser à la Bible qui était restée dans les flammes, et plus tard, lorsqu'il le ferait, il ne regretterait le livre sacré ni plus ni moins que la mort de Gracie ou qu'une centaine d'autres pertes irrémédiables. Mais Lady avait pressenti avec une remarquable justesse que sans ce symbole auquel elle-même ne croyait pas, sans le poids que cela conférait à son autorité, le vieillard serait dépouillé et que sa force si longtemps préservée s'écroulerait bientôt comme une toiture sur une charpente pourrie. Mais Lady avait échoué, et personne ne comprendrait jamais son échec.

Une autre sorte d'appétit demanda satisfaction cette nuit-là. La satiété de nourriture provoqua, aussi bien chez les hommes que chez les femmes, une incoercible faim pour ce que le strict code moral de la salle commune avait si longtemps prohibé. Là, dans la douce chaleur de l'obscurité, la parfaite démocratie du carnaval s'instaura pendant une heure, et la liberté régna.

Des mains frôlèrent, comme par accident, d'autres mains — lesquelles, cela n'avait pas d'importance. La mort ne s'était pas embarrassée de scrupules pour faire son choix parmi maris et femmes, et ils furent comme elle. Des langues léchèrent les restes du festin sucré sur des bouches avides et collantes, rencontrèrent d'autres langues et s'unirent à elles.

— Ils sont tous complètement saouls, affirma Alice Nemerov.

Elle était assise en compagnie de Blossom et de Maryann dans une niche séparée, creusée dans la pulpe du fruit, essayant de ne pas écouter. Bien que chaque couple s'efforçât d'observer un silence décent, le résultat d'ensemble était sans équivoque, même pour Blossom.

— Saouls ? Ce n'est pas possible, fit Maryann.

Elle n'avait pas envie de parler, mais la conversation était le seul moyen de se défendre contre les bruits voluptueux qui montaient de l'obscurité. En parlant et en écoutant Alice parler, elle ne pouvait plus entendre les soupirs — ni se demander où était son mari.

— Nous sommes tous saouls, mes chéries. Saouls d'oxygène. Malgré ces effluves de fruit pourri, je sais encore reconnaître l'odeur d'une tente à oxygène.

— Moi, je ne sens rien, dit Maryann.

C'était parfaitement vrai, car son rhume avait atteint

un stade où même l'odeur écœurante du fruit ne lui parvenait pas.

— J'ai travaillé dans un hôpital, n'est-ce pas ? Je sais ce que je dis. Tout le monde ici est rond, mes enfants.

— Ronds comme des barriques, renchérit Blossom.

Si c'était cela, être ivre, elle n'y voyait pas d'inconvénient. Elle se sentait légère, légère. Elle avait envie de chanter, mais elle savait que ce n'était pas une chose à faire. Pas maintenant. Mais la chanson, une fois commencée, lui resta dans la tête : *Je suis amoureuse, amoureuse, amoureuse, je suis amoureuse d'un type formidable.*

— Chut ! lui souffla Alice.

— Oh, excusez-moi, gloussa Blossom.

Peut-être, après tout, la chanson n'avait-elle pas été uniquement dans sa tête. Puis, comme elle savait que c'était l'usage lorsqu'on était un peu gris, elle émit un gracieux et unique hoquet, en portant délicatement le bout de ses doigts à ses lèvres. Mais elle éructa aussitôt après, moins discrètement, car il y avait des bulles dans son estomac.

— Ça va, ma chère ? demanda Alice en posant la main avec sollicitude sur le ventre arrondi de Maryann. Avec tout ce qui s'est passé...

— Oui. Tenez ! Vous l'avez senti bouger ?

La conversation retomba, et aussitôt l'assaut se renouvela. C'était maintenant un bruit de fond persistant, agressif, comme le bourdonnement d'une ruche. Maryann secoua plusieurs fois la tête, mais le bourdonnement ne cessa pas. — Oh ! gémit-elle. Ooh !

— Allons, allons, fit Alice pour la calmer.

— Avec qui croyez-vous qu'il est ? demanda brusquement Maryann.

— Mais tu te fais des idées pour rien, dit Blossom. Je suis sûre qu'il se trouve en ce moment même avec Orville et papa.

La conviction avec laquelle elle disait cela emporta presque l'adhésion de Maryann. C'était possible après tout. Une heure auparavant (ou un peu plus ? ou un peu moins ?), Orville était venu trouver Blossom en expliquant qu'il conduisait son père (qui naturellement était très affecté) dans un endroit plus tranquille, à l'écart des autres. Il avait découvert une nouvelle galerie, qui s'enfonçait encore un peu plus profondément dans la terre. Blossom voulait-elle venir avec lui? Ou peut-être préférait-elle rester en compagnie des dames?

Alice avait jugé que Blossom préférait pour l'instant rester avec les dames. Elle rejoindrait son père un peu plus tard, s'il en exprimait le désir.

C'était le départ d'Anderson, et de la lanterne avec lui, qui avait donné le signal de tout le reste. Une énergie maudite accumulée pendant un mois avait jailli soudain et relégué dans l'ombre pour un temps le spectre de la douleur et de la défaite et le goût amer d'une ignominie dont ils n'avaient pas encore commencé à ressentir la portée.

Une main s'avança dans l'obscurité et toucha la cuisse de Blossom. C'était la main d'Orville! Ce ne pouvait être aucune autre. Elle la prit et la pressa contre ses lèvres.

Ce n'était pas la main d'Orville. Elle hurla. Instantanément, Alice saisit l'intrus au collet. Il glapit.

— Neil! s'exclama Alice. C'est ta sœur que tu es en train de tripoter, malheureux! Maintenant, disparais! Va retrouver Greta. Ou peut-être qu'il vaudrait mieux pas, d'ailleurs.

— Oh, la ferme! rugit Neil. Vous n'êtes pas ma mère!

Elle réussit finalement à le repousser. Puis elle mit sa tête sur les genoux de Blossom.

— Ivre, murmura-t-elle d'une voix chargée de sommeil. Il est bourré à bloc.

Puis elle se mit à ronfler. Quelques minutes plus tard, Blossom s'endormit aussi; elle rêva — et se réveilla en poussant un petit cri.

— Qu'est-ce que c'est? demanda Maryann.

— Rien. Un mauvais rêve. Tu ne dors pas encore?

— Je n'y arrive pas.

Il régnait maintenant un silence de mort mais Maryann écoutait toujours. Ce qu'elle craignait par-dessus tout, maintenant, c'était que Neil retrouve sa femme. Et Buddy. Ensemble.

Lorsque Buddy s'éveilla, il faisait encore nuit. Désormais, il ferait toujours nuit ici. Il y avait une femme à côté de lui, qu'il toucha, sans la réveiller. Assuré qu'il ne s'agissait ni de Greta ni de Maryann, il ramassa ses vêtements et s'éloigna discrètement. Des parcelles de pulpe poisseuse collèrent à sa poitrine et ses épaules nues et y fondirent désagréablement.

Il avait toujours l'impression d'être saoul. Saoul et entièrement vidé de ses forces. Orville avait un mot spécial pour décrire cela. Qu'est-ce que c'était, déjà ?

Détumescent.

Le liquide mielleux dégoulinait sur son torse nu et le faisait frissonner. Mais ce n'était pas parce qu'il avait froid. Ou plutôt si, à bien y penser, il avait froid.

Se déplaçant à quatre pattes, il buta contre un couple endormi.

— Hein ? » fit la femme.

Il crut reconnaître la voix de Greta. Aucune importance. Il continua dans une autre direction.

Il découvrit un coin où la pulpe n'avait pas été dérangée et s'y laissa tomber en arrière. Une fois qu'on s'était habitué au contact un peu gluant, ce n'était pas trop désagréable : c'était doux, tiède et confortable.

Il aurait voulu de la lumière : le soleil, une lampe, même la lueur rougeâtre et vacillante de l'incendie d'hier. Quelque chose dans la situation présente l'effrayait, d'une façon qu'il n'arrivait pas à cerner. Comme il y réfléchissait au moment de s'assoupir à nouveau, la réponse lui vint soudain :

Des vers.

Ils étaient des vers à l'intérieur d'un fruit.

LA DÉCHÉANCE

— Et toi, Blossom, quelle est ton actrice de cinéma préférée ? demanda Greta.

— Audrey Hepburn. Je ne l'ai vue que dans un seul film — alors que j'avais neuf ans — mais elle y était épatante. C'est le dernier film que j'ai vu. Papa n'approuvait pas tellement, je pense.

— Papa ! fit Greta en reniflant d'un air méprisant.

Elle arracha un fragment de pulpe à la voûte au-dessus de sa tête, le porta négligemment à sa bouche et le pressa contre ses dents avec sa langue. Bien que l'obscurité fût dense dans cette cavité du fruit, ses interlocuteurs comprirent à sa façon de déformer les mots qu'elle était encore en train de manger.

— Et toi, Neil ? demanda-t-elle.

— Charlton Heston. J'allais voir tous les films où il jouait.

— Moi aussi, déclara Clay Kestner. Et qu'est-ce que vous pensez de Marilyn Monroe ? Qui d'entre vous est assez vieux pour se souvenir de Marilyn Monroe ?

— A mon avis, Marilyn Monroe était largement surestimée, déclara Greta.

— Qu'est-ce que tu en penses, toi, Buddy ? Hé, Buddy ! Il est toujours là ?

— Oui, je suis là, Marilyn Monroe, je ne l'ai jamais vue. C'était avant mon époque.

— Dans ce cas, tu as raté quelque chose, mon garçon. On peut dire que tu as raté quelque chose.

— Moi, j'ai vu Marilyn Monroe, intervint Neil.

— Et tu persistes à dire que c'est Charlton Heston que tu préfères?

Le rire de Clay Kestner éclata, tonitruant et sans chaleur, un rire de commis voyageur. Dans le passé, il avait exploité une station-service dont il était pour moitié le propriétaire.

— Oh, je ne sais pas, fit Neil nerveusement.

Greta se mit à rire aussi, car Clay lui chatouillait les doigts de pied.

— Vous n'y êtes pas du tout, mais alors pas du tout, fit-elle en essayant vainement de s'empêcher de pouffer. Je maintiens que Kim Novak est la plus grande actrice qui ait jamais existé. (Depuis un quart d'heure, elle ne faisait que répéter cela.)

Buddy s'ennuyait à mourir. Il avait cru bien faire en restant là au lieu de participer à une autre de ces monotones et inutiles expéditions organisées par son père dans le dédale des racines de la Plante. Maintenant que leurs affaires avaient été récupérées, maintenant qu'ils avaient appris sur la Plante tout ce qu'il y avait à savoir, il ne servait plus à rien de partir en exploration. Ni de rester sans rien faire. C'était seulement maintenant qu'il était inactif qu'il se rendait compte à quel point il était devenu un esclave du travail et de la mentalité puritaine.

Il se leva, et ses cheveux (coupés court à présent, comme tous les autres) arrachèrent au passage des filaments qui pendaient à la voûte. La pulpe du fruit, lorsqu'elle s'agglutinait aux cheveux et séchait, était plus exaspérante qu'une piqûre de moustique qu'on ne peut s'empêcher de gratter.

— Où vas-tu? demanda Greta, vexée qu'une personne de son auditoire l'abandonne au moment où elle faisait l'analyse du charme particulier de Kim Novak.

— J'ai envie de rendre, fit Buddy. A tout à l'heure.

C'était un prétexte suffisamment plausible. Bien que nutritif à souhait, le fruit présentait quelques inconvénients annexes. Au bout d'un mois (selon l'estimation générale), ils souffraient encore tous de diarrhées, coliques et autres embarras gastriques. Buddy aurait presque souhaité avoir vraiment envie de vomir : il aurait au moins eu quelque chose à faire.

En plus des maux de ventre, il y avait eu les rhumes. Presque tout le monde en avait souffert également, et il n'y avait pas d'autres remèdes que la patience, le sommeil et la volonté de guérir. Dans la plupart des cas, ces remèdes suffirent, bien que chez trois d'entre eux (en particulier le petit Stromberg) la pneumonie eût fait son apparition. Alice Nemerov faisait de son mieux, mais elle était la première à reconnaître son impuissance.

De la partie tubéreuse de la Plante, Buddy grimpa à l'aide de la corde dans la racine proprement dite. Là, il dut se courber pour se déplacer car le diamètre de la galerie ne dépassait pas un mètre cinquante. Petit à petit, au cours du mois qui venait de s'écouler, le groupe avait gagné les profondeurs de la Plante et devait se trouver maintenant, selon les estimations d'Orville, à quatre cents mètres au moins au-dessous du niveau du sol. A cette profondeur, la température atteignait facilement vingt et un degrés.

Il entendit un bruissement juste devant lui.

— Qui est là ? demanda-t-il presque en même temps que Maryann. (Puis il la questionna, d'un ton ennuyé :) Qu'est-ce que tu fais ici ?

— Je tresse de la corde... mais ne me demande pas pourquoi. C'est juste pour faire quelque chose. Cela m'occupe. J'ai défibré quelques lianes, et maintenant je tresse les fibres. (Elle laissa entendre un faible rire.) Les lianes étaient probablement plus solides que ma corde.

— Attends. Prends mes mains... montre-moi comment tu fais.

— Toi ! (Lorsque les mains de Buddy touchèrent les siennes, elle continua à tresser de plus belle pour empêcher ses doigts de trembler.) Pourquoi voudrais-tu faire ça ?

— Comme toi... pour avoir quelque chose à faire.

Elle commença à guider ses doigts malhabiles, mais se trompa en essayant de ne pas oublier que la main droite de Buddy correspondait à sa main gauche, et vice versa.

— Peut-être que si je m'asseyais derrière toi..., suggéra-t-elle.

Mais il s'avéra qu'elle ne pouvait même pas lui entourer la taille de ses bras. Son ventre était trop encombrant.

— Comment va-t-il? demanda Buddy. Est-ce que ce sera encore long?

— Il va très bien. D'un jour à l'autre en principe, maintenant.

Ils firent ce qu'elle avait espéré : Buddy s'assit derrière elle, les cuisses serrées autour d'elle, ses bras velus soutenant les siens comme les accoudoirs d'un fauteuil.

— Maintenant, montre-moi, dit-il.

Il n'apprenait pas vite, n'étant pas habitué à ce genre de travail, mais sa lenteur même en faisait un élève encore plus intéressant. Il s'écoula plus d'une heure avant qu'il pût entreprendre sa première corde. Et lorsqu'il l'eut finie, les fibres se défirent comme les brins de tabac d'une cigarette sous les doigts d'un débutant.

Des profondeurs de la racine tubéreuse monta le rire musical de Greta, suivi de l'accompagnement de grosse caisse de Clay Kestner. Buddy n'éprouvait aucun désir de les rejoindre. Il ne voulait aller nulle part excepté à la surface, à l'air libre, dans la lumière et les changements de saison.

Maryann, apparemment, entretenait des pensées similaires :

— Crois-tu que ce soit déjà la Chandeleur? fit-elle.

— Oh, je ne sais pas. Encore une semaine, peut-être. Pourquoi?

— Parce que ce serait l'anniversaire de Blossom. Il faudrait le lui rappeler.

— Quel âge a-t-elle maintenant? Treize ans?

— Heureusement qu'elle n'est pas là pour t'entendre. Elle va en avoir quatorze, et tu peux croire qu'elle le crie sur les toits.

Un autre bruit monta des profondeurs du bulbe : un cri de femme angoissée. Puis le silence complet. Buddy quitta aussitôt Maryann pour aller s'informer. Il fut rapidement de retour.

— C'est Mae Stromberg. Son fils est mort, Alice Nemerov est auprès d'elle.

— Pneumonie ?

— Oui, et aussi le fait qu'il n'a pu garder aucune nourriture.

— Pauvre gosse.

La Plante était admirable d'efficacité. En fait de végétal, elle était imbattable. Elle l'avait déjà prouvé. Plus on l'observait, plus on était obligé de se rendre à l'évidence. Si on était du genre à s'extasier devant cette sorte de chose. Prenez ses racines, par exemple. Elles étaient creuses. Celles d'un végétal terrien analogue (et le séquoia lui est à peu près comparable) sont entièrement constituées de matière solide et ligneuse. Mais pour quelle raison ? Leur énorme masse n'est nullement fonctionnelle. C'est autant de matière morte. L'unique fonction de la racine est de transporter jusqu'aux feuilles l'eau et les minéraux et, une fois réalisée leur synthèse en éléments nutritifs, de les ramener jusqu'en bas. Pour accomplir cela, la racine se doit d'être assez rigide pour supporter la pression qu'exercent constamment sur elle le sol et les roches environnantes. Toutes ces choses, la Plante les réussissait à merveille — bien mieux, compte tenu de ses dimensions, que la plus efficace des plantes terrestres.

Le large espace libre à l'intérieur de la racine permettait le passage d'un plus grand volume d'eau à une vitesse et une distance infiniment supérieures. Le système vasculaire qui fait monter l'eau dans une racine ordinaire n'a pas le dixième de la capacité des capillaires expansibles qui formaient le réseau intérieur de la Plante. De même, les fibres qui tapissaient les parois des racines creuses pouvaient en un seul jour transporter des tonnes de glucose liquide et autres matériaux du feuillage jusqu'aux tubercules et aux racines les plus profonds. Elles étaient au liber des plantes ordinaires ce qu'un pipe-line intercontinental est à un tuyau d'arrosage. Mais l'espace creux à l'intérieur des racines avait une autre fonction : il alimentait en air pur les régions inférieures de la Plante. Enfouies à une si grande distance de la surface, elles n'avaient pas, comme des racines normales, de source d'oxygène à leur portée. Il fallait qu'il leur soit amené. De sorte que, de l'extrémité de ses feuilles à ses plus lointaines radicelles, la Plante *respirait*. Et ce système de communication multiforme et à grand rendement expliquait son rythme de croissance inhabituel.

La Plante était économe. Avec elle, rien ne se perdait. A mesure que ses racines grandissaient et pénétraient plus profondément dans le sol, elle digérait sa propre substance, laissant apparaître les cavités où se développait ensuite le réseau complexe de lianes et de capillaires. Ainsi, le bois qui n'était pas utilisé pour maintenir un exosquelette rigide pouvait être assimilé utilement.

Mais l'efficacité véritable de la Plante résidait surtout dans le fait qu'elle constituait un organisme unique. De même que certains insectes sociaux parviennent, grâce à leur mode de vie, à accomplir des choses qui, individuellement, leur seraient impossibles, de même la Plante, en réunissant ses différentes parties en un tout indivisible, disposait d'une puissance réelle considérablement accrue. Des matériaux inaccessibles dans un endroit pouvaient se trouver en abondance dans un autre. L'eau, les minéraux, l'air, la nourriture — tout était réparti selon l'esprit du vrai communisme : chacun fournit ce qu'il peut, chacun reçoit ce dont il a besoin. Les ressources d'un continent tout entier étaient à la disposition de la Plante; bien peu de choses lui faisaient défaut.

Le mécanisme par lequel avait eu lieu la collectivisation des Plantes individuelles était d'une très grande simplicité. Dès que les racines principales se ramifiaient en racines secondaires, celles-ci étaient attirées, par une sorte de tropisme réciproque, vers les racines sœurs les plus proches. Lorsqu'elles se rencontraient, elles opéraient la jonction. Une fois indissolublement liées, elles repartaient établir d'autres liaisons à un niveau plus profond.

Comment ne pas admirer la Plante. C'était vraiment

une chose remarquable si on la considérait d'un point de vue objectif, à la manière, par exemple, de Jeremiah Orville.

Naturellement, elle avait bénéficié d'avantages que les autres plantes n'ont pas. Elle n'avait pas été obligée de se développer toute seule. Elle était bien soignée.

Malgré cela, il y avait les parasites. Mais on s'en occupait. Après tout, ce n'était que sa septième saison sur la Terre.

Lorsque Anderson, Orville et les autres hommes (ceux qui avaient bien voulu se joindre à eux) revinrent de leur expédition dans les profondeurs de la Plante, Mae Stromberg avait déjà disparu. Le cadavre de son fils aussi. Pendant les dernières heures qu'elle avait passées au chevet du jeune garçon agonisant, elle n'avait pas dit un mot ni versé une larme et, lorsqu'il était mort, il y avait eu ce simple cri de démence qu'on avait entendu. Elle avait supporté bien moins stoïquement la perte de son mari et de sa fille. Peut-être parce que le chagrin est un luxe et qu'elle pensait alors pouvoir se le permettre encore. À présent, c'était tout ce qui lui restait.

Ils étaient vingt-neuf, sans compter Mae Stromberg. Anderson décida de réunir tout le monde immédiatement. Sur les vingt-neuf, seules les deux femmes atteintes de pneumonie et Alice Nemerov étaient absentes.

— Je crains bien, commença Anderson après avoir récité une courte prière, que nous ne soyons tous en train de nous désagréger. (Il y eut des murmures et quelques mouvements dans l'auditoire. Il les laissa s'apaiser et reprit :) Personne ici présent ne peut être tenu pour responsable de ce qu'a fait Mae. Je peux difficilement la blâmer elle-même. Mais ceux d'entre nous qui ont été préservés de ce dernier malheur et guidés jusqu'ici par la Divine Providence, ceux d'entre nous, c'est-à-dire...

Il s'arrêta, irrémédiablement empêtré dans ses propres paroles — chose qui depuis quelque temps lui devenait de plus en plus fréquente. Il porta une main à son front et respira profondément.

— Je voulais dire ceci : nous ne pouvons pas nous contenter de rester là à nous nourrir de lait et de miel. Il y a du travail à accomplir. Nous devons rassembler nos forces en vue des épreuves à venir et... Et, c'est-à-dire, nous ne devons pas nous laisser *ramollir*.

» Aujourd'hui, je suis descendu un peu plus bas dans ces galeries du diable, et j'ai constaté que le fruit y est meilleur. Plus dense et plus ferme — il y a moins de filaments, et moins de cet oxygène qui est la cause... Je veux dire qu'ici, nous sommes en train de devenir une bande de... quel est le mot ?

— Lotophages, lui souffla Orville.

— Lotophages. Exactement. Eh bien, je dis que cela doit *cesser* !

Et il frappa la paume de sa main de son poing fermé pour donner plus d'emphase à ce dernier mot.

Greta, qui avait levé la main pendant toute la dernière partie de ce discours, finit par parler sans attendre d'en avoir reçu l'autorisation :

— Puis-je poser une question ?

— Qu'y a-t-il, Greta ?

— De quel *travail* s'agit-il ? Je ne vois pas en quoi nous nous sommes montrés négligents.

— Mais nous n'avons fait *aucun* travail, ma fille. C'est facile à voir.

— Cela ne répond pas à ma question.

Anderson était stupéfait d'une telle effronterie — et venant d'elle, encore. Alors qu'il y avait deux mois il aurait pu la faire lapider pour cause d'adultère, la garce se permettait d'étaler son arrogance à la vue de tout le monde.

Il aurait dû la gifler pour répondre à son insolence. Il aurait dû rabaisser sa morgue en disant aux autres, même maintenant, ce qu'elle était : une putain — et avec le frère de son mari. Qu'il n'ait pas répliqué était un signe de faiblesse, et tout le monde avait dû s'en apercevoir.

Après un long silence lourd de menaces, il reprit son discours comme s'il n'avait jamais été interrompu.

— Nous devons nous remuer un peu. Nous ne pouvons pas rester comme ça ! Désormais, nous serons toujours en mouvement. Tous les jours. Nous ne resterons jamais au même endroit. Nous explorerons.

— Il n'y a *rien* à explorer, Mr Anderson. Et pourquoi nous déplacer tous les jours ? Pourquoi ne pas nous installer dans un coin confortable et y demeurer ? Il y a assez à manger dans une seule de ces patates géantes pour...

— Ça suffit comme ça, Greta ! Ça suffit ! Je n'ai rien d'autre à ajouter. Demain, nous...

Greta se leva, mais au lieu de s'avancer à la lumière de la lanterne, elle recula :

— Non, ça ne suffit pas ! J'en ai assez de vous. Je suis fatiguée de recevoir des ordres comme si j'étais une esclave. J'en ai par-dessus la tête ! Mae Stromberg a eu raison de...

— Assieds-toi, Greta, ordonna le vieillard d'une voix rauque. Assieds-toi et tais-toi.

— Pas moi. C'est fini. Plus jamais. J'en ai ma claque et je m'en vais. A partir de maintenant, je fais ce qui me plaît et ceux qui veulent me suivre sont les bienvenus.

Anderson dégaina son pistolet et le braqua sur la silhouette qui se dessinait vaguement en dehors du cercle de lumière.

— Neil, ordonne à ta femme de se rasseoir. Si elle n'obéit pas, je tire. Et je ne plaisante pas, Dieu m'en soit témoin !

— Euh... Greta, assieds-toi, fit Neil.

— Vous n'oseriez jamais tirer sur moi. Et vous voulez que je vous dise pourquoi ? Parce que j'attends un enfant, voilà pourquoi. Vous ne tueriez pas votre propre petit-fils, n'est-ce pas ? Et cela ne fait aucun doute, c'est bien votre petit-fils !

C'était un mensonge, une invention pure et simple, mais qui atteignit son but.

— Mon petit-fils ? répéta Anderson, désemparé. Mon petit-fils !

Puis il tourna son arme vers Buddy. Ses mains tremblaient de rage ou d'infirmité, nul n'aurait su le dire.

— Ce n'est pas moi ! bredouilla Buddy. Je jure que ce n'est pas moi !

Greta avait disparu dans l'obscurité, et trois hommes se levaient pour la suivre. Anderson tira quatre balles dans le dos de l'un d'eux. Puis, à bout de force, perdant connaissance, il tomba sur la lanterne blafarde. Celle-ci s'éteignit.

L'homme qu'il venait de tuer était Clay Kestner. La quatrième balle, traversant la poitrine de Clay, avait transpercé la cervelle d'une femme qui s'était dressée de panique au premier coup d'Anderson.

Ils n'étaient plus que vingt-quatre maintenant, sans compter Greta et les deux hommes qui s'étaient enfuis avec elle.

UNE MORT NATURELLE

Les cheveux d'Anderson s'en allaient par poignées.
Peut-être cela serait-il arrivé de toute façon, vu son âge,
mais il le mettait sur le compte de son régime alimentaire. Les maigres vivres récupérés après l'incendie
avaient été rationnés avec parcimonie, et le peu de
maïs qui leur restait était pour Maryann ou pour le
planter lorsqu'ils retourneraient à la surface.

Il gratta son crâne parcheminé en maudissant la
Plante, mais c'était une malédiction à demi sincère,
comme s'il avait été en froid avec un employeur plutôt
qu'en guerre contre un ennemi. Sa haine était mêlée de
gratitude; sa détermination farouche faiblissait.

De plus en plus souvent il envisageait la question de
sa succession. C'était un problème d'importance :
Anderson était peut-être le dernier chef au monde.
Presque un roi. Un patriarche, sans aucun doute.

Bien que croyant de façon générale aux vertus de la
primogéniture, il se demandait si une différence de seulement trois mois ne pouvait être charitablement négligée en faveur du cadet. Il refusait de considérer Neil
comme un bâtard, et avait dû par conséquent les trai-
ter en jumeaux — impartialement.

Certaines choses plaidaient en faveur de chacun,
mais trop peu. Neil était travailleur, robuste et rarement enclin à se plaindre. Il avait l'instinct d'un
meneur d'hommes, faute d'en posséder tout à fait
l'étoffe. Cependant, il était stupide : Anderson ne pouvait s'empêcher de le voir. Il était aussi... un peu
dérangé. A quel point il l'était, et pour quelle raison,

120

Anderson l'ignorait, bien qu'il soupçonnât vaguement Greta d'y être pour quelque chose. Sur cette matière, le vieillard préférait avoir une vue oblique, ou comme filtrée par des verres fumés, ainsi que pour observer une éclipse. S'il pouvait l'éviter, il ne tenait pas à connaître la vérité.

D'un autre côté, si Buddy possédait un grand nombre des qualités qui faisaient défaut à son frère, on ne pouvait guère lui faire confiance. Il l'avait prouvé lorsque, malgré l'opposition formelle de son père, il était allé vivre à Minneapolis. Il l'avait plus qu'amplement prouvé le jour de Thanksgiving. Lorsque Anderson avait surpris son fils en plein accomplissement de l'acte, à ce qu'il supposait, il avait été clair que Buddy ne lui succéderait jamais dans ses hautes fonctions. Depuis qu'il avait pris de l'âge, il avait une sainte horreur de l'adultère. Jamais il ne lui serait venu à l'idée qu'il avait lui-même commis le péché d'adultère, et que l'un de ses fils était le fruit d'une telle union. Il aurait, en fait, repoussé violemment — et en toute bonne foi — une telle insinuation.

Pendant longtemps, il avait semblé que personne ne pourrait prendre sa place. Il fallait donc qu'il poursuive sa tâche tout seul. Chaque fois que ses fils avaient démontré leur incapacité, il avait senti en contrepartie monter en lui une force et une résolution nouvelles. Secrètement, il prospérait en raison inverse de leurs défaillances.

Puis Jeremiah Orville avait fait son apparition sur la scène. Pour des raisons obscures et (à ce qu'il semblait maintenant) d'inspiration divine, Anderson l'avait épargné. Aujourd'hui il tremblait à sa vue — comme avait dû trembler Saül en comprenant pour la première fois que le jeune David allait le supplanter ainsi que son fils Jonathan. Anderson essayait désespérément à la fois de nier cela et de s'habituer à son héritier présomptif. (Il craignait constamment de partir en guerre, comme cet ancien roi, contre l'oint du Seigneur, et de se damner par la même occasion. La croyance à la prédestination n'a décidément pas que des avantages.) Et à mesure qu'il se persuadait de la nécessité de cette tâche déplaisante (car, bien qu'il admirât Orville, il ne l'aimait pas), sa détermination et sa force le quittaient progressivement. Orville, sans le savoir, était en train de le tuer.

C'était la nuit. C'est-à-dire qu'ils avaient une fois de plus marché jusqu'à l'épuisement. Comme c'était Anderson qui déterminait la limite de l'épuisement, il était évident pour tout le monde que le vieillard arrivait au bout de ses forces : comme après l'équinoxe d'automne, chaque jour était plus court que celui qui l'avait précédé.

Anderson frotta son crâne où la peau s'enlevait par lamelles et lança un juron. Quelque chose à faire... il avait oublié quoi. Et il s'endormit sans avoir recensé les présents. Orville, Buddy et Neil s'en chargèrent à sa place. Orville et Buddy arrivèrent tous deux au chiffre de vingt-quatre. Neil, lui, avait trouvé vingt-six.

— Mais ce n'est pas possible, lui fit remarquer Buddy.

Neil n'en démordit pas : il avait dénombré vingt-six personnes.

— Qu'est-ce que vous croyez, nom de Dieu... que je ne sais pas compter ?

Un mois avait dû s'écouler depuis le départ de Greta. Plus personne ne tenait le compte des jours. Certains soutenaient qu'on était en février; d'autres penchaient pour mars. Tout ce qu'ils savaient, d'après leurs expéditions à la surface, c'est que c'était encore l'hiver. Le reste ne les intéressait pas.

Tout le monde ne suivait pas le mouvement. En fait, à part Anderson, ses deux fils et Orville, seuls trois hommes participaient. Une base d'opérations permanente avait à nouveau été créée pour ceux qui, comme Maryann et Alice, ne pouvaient passer leurs journées à ramper au cœur des racines. Le nombre de ceux qui s'estimaient invalides s'était accru de jour en jour, jusqu'au moment où il avait eu exactement autant de lotophages qu'avant. Anderson, craignant d'aggraver la situation, faisait semblant de l'ignorer.

Il conduisit son petit groupe par la route habituelle, qui était marquée par les cordes que Maryann avait tressées. Ils ne pouvaient plus se fier, pour trouver leur chemin, au fil d'Ariane des capillaires brisés. Dans leurs explorations, ils en avaient arraché tellement qu'ils avaient recréé un véritable labyrinthe.

C'est près de la surface, au niveau de quinze degrés environ, qu'ils tombèrent sur les rats. Au début, cela ressemblait au bourdonnement d'une ruche, en un peu plus aigu. Leur première pensée fut que les incendiaires étaient parvenus à les suivre jusque dans la racine. Mais lorsqu'ils débouchèrent dans la galerie d'où provenait le bruit, il se mua en une série de gémissements criards, comme si des vocalises étaient diffusées avec le maximum de puissance par un système de haut-parleurs défectueux. L'obscurité compacte se dilua à l'approche de la lanterne, révélant un fleuve grouillant de milliers de rats qui se déversaient dans le fruit par d'innombrables trous percés dans la paroi.

— Des rats! s'exclama Neil. Je vous disais bien que c'étaient les rats qui avaient ainsi grignoté la racine, là-haut. Il doit y en avoir au moins un million.

— Si le compte n'y est pas, il y sera avant longtemps, approuva Orville. Je me demande s'ils sont uniquement dans cette racine?

— Qu'est-ce que ça peut faire? demanda impatiemment Anderson. Ils nous ont laissés tranquilles jusqu'à présent, et en ce qui me concerne je n'ai aucune envie de leur tenir compagnie. S'ils sont heureux de grignoter cette fichue pomme confite, moi je ne demande qu'à les laisser faire. Qu'ils dévorent toutes les Plantes, si ça leur chante, moi je m'en lave les mains. (Sentant qu'il était peut-être allé un peu trop loin, il ajouta d'une voix radoucie :) Nous ne pouvons rien faire contre une armée de rats, de toute façon. Je n'ai plus qu'une seule cartouche. Je ne sais pas pourquoi je la garde, mais je sais que ce n'est pas pour des rats.

— C'est à l'avenir que je pensais, Mr Anderson. Avec toute cette nourriture à leur portée et aucun ennemi naturel pour les arrêter, ces rats vont se multiplier à l'infini. Ils ne représentent peut-être pas une menace maintenant, mais qu'arrivera-t-il dans six mois? dans un an?

— Avant l'été, nous serons remontés là-haut, Jeremiah. Nous leur laisserons la place.

— Peut-être, mais nous dépendrons toujours de la Plante. C'est l'unique source de nourriture qui nous reste. A moins que vous ne vouliez élever des rats. Pour ma part, ça ne me tente pas tellement. Et il faut songer à l'hiver prochain. Avec ce qui nous reste de graines — à supposer qu'elles soient encore bonnes — nous ne nous en sortirons jamais. Je n'aime pas plus qu'un autre vivre dans ces conditions, mais c'est au moins une façon de survivre. La seule, pour le moment.

— Bah, tout ça c'est des boniments, fit Neil, croyant venir au secours de son père.

Anderson avait pris un air las et la lanterne qu'il tenait levée pour examiner les perforations de la paroi retomba à son côté.

— Vous avez raison, Jeremiah. Comme toujours. (Un rictus mauvais se dessina sur ses lèvres et il lança son pied nu (les chaussures étaient trop précieuses pour être gaspillées ici) vers un des trous à rats où deux points brillants scrutaient depuis un bon moment ceux qui les observaient.) Bâtards! Enfants de putains! s'écria-t-il.

Il y eut un piaulement soudain et une boule de fourrure grise fendit l'air et se perdit dans l'ombre. Le gémissement plaintif, qui s'était quelque peu apaisé, augmenta de plus belle, répondant au défi d'Anderson.

Orville posa une main sur l'épaule du vieillard qui tremblait d'une rage impuissante.

— Monsieur... Je vous en prie.

— Il m'a mordu, le salaud, se plaignit Anderson.

— Nous ne pouvons nous permettre de les déloger. Notre meilleur espoir...

— Il m'a arraché la moitié de l'orteil. (Il se baissa pour tâter la blessure.) Le salaud.

— ... est de les contenir ici. De bloquer toutes les issues de la racine. Autrement...

Orville haussa les épaules. L'alternative était claire.

— Et comment ferons-nous pour sortir? objecta Neil, narquois.

— La ferme, Neil, fit Anderson, excédé. Avec quoi?

reprit-il. Nous n'avons rien qu'une bande de rats affamés ne puisse ronger en cinq minutes.

— Mais nous avons une hache. Nous pouvons travailler les parois de la galerie pour qu'elle s'effondre sous son propre poids. La pression à ces profondeurs est énorme. Ce bois doit être aussi dur que du fer, mais si nous pouvons l'affaiblir aux endroits voulus, c'est la terre qui bloquera les passages. Même les rats ne peuvent ronger du basalte. Le risque, c'est que nous ne puissions contrôler l'éboulement, mais cela je crois que je peux m'en charger. D'habitude, le rôle d'un ingénieur des mines est d'empêcher les effondrements mais c'est un excellent entraînement pour apprendre à les provoquer.

— Je vous laisse essayer. Buddy, retourne chercher la hache — et tout ce que tu trouveras avec un tranchant. Et envoie-nous tous ces lotophages. Neil et les autres, postez-vous à toutes les entrées de cette patate trouée et faites ce que vous pourrez pour maintenir les rats à l'intérieur. Ils n'ont pas tellement l'air d'avoir envie de partir, mais ils changeront d'avis quand les murs commenceront à trembler. Jeremiah, venez me montrer ce que vous voulez faire. Je ne comprends pas comment tout ça ne va pas nous dégringoler sur la tête quand... sacré nom de Dieu !

— Qu'y a-t-il ?

— Mon orteil ! Ce sale rat m'en a réellement enlevé un morceau. On va leur montrer, à ces salauds-là !

L'opération fut un succès complet. Orville attaqua la première racine à l'endroit exact où elle s'incurvait vers l'extérieur pour former l'écorce rigide et sphérique du fruit. Plusieurs heures durant, il tailla de minces copeaux de matière ligneuse, guettant le moindre craquement qui lui permettrait de courir se mettre à l'abri, travaillant, écoutant encore. Lorsque tout s'effondra, ce fut sans un avertissement. Soudain, Orville se trouva au milieu du tonnerre déchaîné. Il se sentit soulevé par l'onde de choc et projeté à l'autre bout de la galerie.

La racine tout entière s'était écroulée sous son propre poids.

Les guetteurs postés aux autres entrées annoncèrent qu'aucun rat ne s'était échappé, mais il y avait eu un accident : l'un des hommes, ayant manqué son déjeuner (Anderson insistait pour qu'ils ne mangent que trois fois par jour, et encore, avec modération), s'était avancé à l'intérieur de la racine pour arracher une poignée de pulpe fruitée juste au mauvais moment. La pulpe, les quelques milliers de rats et lui étaient maintenant en voie d'être transformés, à une allure géologique modeste, en pétrole. Une muraille de basalte aux contours parfaitement lisses bloquait tous les accès de la racine. Elle était tombée aussi brusquement et aussi nettement qu'un couperet.

Anderson, qui n'avait pas pu assister à l'événement (il avait eu une nouvelle syncope), accueillit la nouvelle avec incrédulité. Les explications d'Orville ne parvenaient pas à le convaincre :

— Qu'est-ce que ce Buckminster-je-ne-sais-quoi a à voir avec tout ça ? Je vous pose une question très simple, et vous me sortez vos dômes géographiques.

— Ce n'est qu'une théorie. Les parois de la racine doivent supporter d'incroyables pressions. Buckminster Fuller était un architecte — un ingénieur, si vous préférez — qui s'occupait de construire des édifices ayant justement cette propriété-là. Il mettait au point des squelettes. Il les concevait de telle sorte que, si une seule partie de l'édifice était affaiblie, c'était l'ensemble qui s'écroulait. Comme si on retirait la clef d'une voûte — sauf que dans ce cas toutes les parties sont des clefs.

— C'est bien le moment d'apprendre qui était Buckminster Fuller — alors qu'un homme vient de mourir.

— Je suis désolé, Mr Anderson. Je sais que je suis responsable de ce qui s'est produit. J'aurais dû réfléchir davantage au lieu d'agir précipitamment.

— Ce qui est fait est fait. Allez chercher Alice et ramenez-la-moi. Je crois que j'ai la fièvre... et cette morsure qui fait de plus en plus mal !

Responsable, il ne croit pas si bien dire, pensa Anderson quand Orville l'eut quitté. Avant peu, l'entière responsabilité du groupe serait entre ses mains. Il ferait mieux de réunir tout le monde tant qu'il avait sa lucidité afin de rendre la chose officielle.

Mais cela équivaudrait à une abdication pure et simple. Non. Il attendrait son heure.

Entre-temps, il lui était venu une nouvelle idée : une façon d'établir la légitimité d'Orville. Il ferait de ce dernier son fils — qui plus est, son fils aîné — par les liens du mariage.

Mais il hésitait aussi à franchir ce pas. Blossom lui paraissait si jeune. A peine sortie de l'enfance. Il y avait seulement quelques mois, elle jouait par terre aux osselets avec les autres enfants dans la salle commune. La marier ? Il faudrait qu'il demande conseil à Alice Nemerov. Dans ces cas-là, une femme sait mieux ce qu'il faut faire. Anderson et Alice étaient les deux plus vieux survivants. Cela, et la mort de la femme d'Anderson, les avait rapprochés bon gré mal gré.

En attendant Alice, il se massa l'orteil. L'endroit où il avait été mordu était maintenant insensible. La douleur provenait du reste du pied.

Ce soir-là, lorsqu'ils recensèrent les présents (Anderson était moins que jamais en état de le faire), Orville et Buddy en trouvèrent chacun vingt-trois. Neil, de son côté, en compta vingt-quatre.

— Il n'est pas rapide, plaisanta Buddy. Laissons-lui le temps, il finira bien par nous rattraper.

Alice Nemerov savait qu'Anderson allait mourir. Pas seulement parce qu'elle était infirmière et reconnaissait la gangrène dès ses premiers signes. Elle l'avait vu commencer à mourir bien avant la morsure du rat, avant même l'apparition des syncopes désormais quotidiennes. Quand une personne âgée se prépare à mourir, c'est écrit sur elle en lettres de néon. Mais c'est justement parce qu'elle était infirmière et que, malgré elle, elle s'était mise à aimer le vieillard, qu'elle s'efforçait de ne pas le laisser mourir.

Pour cette raison, elle l'avait convaincu de ne pas dévoiler encore à Blossom et Orville les projets qu'il entretenait. Jour après jour, elle le laissait vivre sur cet espoir.

Au début, quand il y avait réellement eu de l'espoir, elle avait essayé de vider la plaie par succion, comme pour une morsure de serpent. Le seul résultat, c'est qu'elle avait eu la nausée et n'avait pas pu manger pendant deux jours. Maintenant, la moitié du pied était d'un bleu éteint, violacé. La décomposition commencerait bientôt, si ce n'était déjà fait.

— Pourquoi est-ce que vous ne continuez pas avec votre bouche? demanda Neil. (Il voulait regarder encore.)

— Cela ne servirait plus à rien. Il va mourir.

— Vous pourriez essayer. C'est la moindre des choses. (Il se pencha sur le visage du vieillard endormi.) Est-ce qu'il respire mieux maintenant?

— Parfois sa respiration est très forte, parfois elle semble s'arrêter tout à fait. Les deux symptômes sont courants.

— Il a les pieds glacés, fit Neil d'un ton critique.

— Qu'est-ce que vous croyez? lui lança Alice, excédée. Votre père est en train de mourir. Vous ne comprenez pas ça? Seule une amputation pourrait le sauver à ce stade, et dans son état il ne survivrait pas à une amputation. Il est vieux. Il ne désire plus vivre.

— Je n'y suis pour rien, moi! cria Neil.

Le bruit réveilla momentanément Anderson, et Neil s'éloigna. Son père avait tellement changé ces derniers jours qu'il se sentait gêné en sa présence. Il était devenu comme un étranger.

— Le bébé... c'est un garçon ou une fille? fit la voix d'Anderson, à peine audible.

— Nous ne savons pas encore, Mr Anderson. Encore une ou deux heures. Pas plus. Tout est prêt. Elle a fait elle-même les ligatures, avec des bouts de corde. Buddy est monté chercher un seau de neige à la surface — il dit qu'il fait un vrai blizzard de mars, là-haut — et nous avons pu stériliser le couteau et quelques linges. Ce ne sera pas tout à fait comme à la maternité, mais je suis sûre que ça se passera très bien.

— Prions pour qu'il en soit ainsi.

128

Paul d'Ivoi a été l'*écrivain français le plus lu* du début du siècle. De son vrai nom Paul Deleutre (1856-1915), il devint journaliste au *Figaro*, puis au *Journal des Voyages* et au *Petit Journal*.

Sous le pseudonyme de Paul d'Ivoi il écrivit, entre 1893 et 1914, les 21 volumes qui composent les *Voyages Excentriques*. Au même titre que Jules Verne, Paul d'Ivoi nous apparaît aujourd'hui comme *un des grands précurseurs de la science-fiction*. Ses livres expriment le goût de l'aventure, l'optimisme et la joie de vivre.

Au premier semestre :
La Diane de l'archipel *(janvier)*
La capitaine Nilia *(janvier)*
Les semeurs de glace *(février)*
Corsaire Triplex *(avril)*
Docteur Mystère *(mai)*
Cigale en Chine *(juin)*

— Priez, *vous*, Mr Anderson. Vous savez que je ne crois pas à ces choses.

Anderson sourit et, chose étonnante, son expression ne déforma pas son visage. L'approche de la mort semblait adoucir le vieillard; jamais il n'avait été aussi aimable que maintenant.

— Vous me faites penser à ma femme. Vous êtes comme Lady. Elle doit être en enfer en train d'expier ses péchés et ses sarcasmes. Mais l'enfer, ça ne peut pas être pis qu'ici. Et puis, je n'arrive pas à l'imaginer là-bas.

— « Ne juge pas de peur qu'on ne te juge », Mr Anderson.

— Oui, Lady répétait toujours ça, elle aussi. C'était son passage préféré des Ecritures.

Buddy les interrompit :

— C'est le moment, Alice.

— Allez, allez, ne vous attardez pas ici, murmura le vieillard.

Inutilement, car elle était déjà partie, emportant la lanterne avec elle. L'obscurité retomba sur lui comme une couverture de laine.

Si c'est un garçon, pensa Anderson, *je peux mourir heureux*.

Ce fut un garçon.

Le vieillard essayait de dire quelque chose. Neil ne comprenait pas quoi. Il approcha encore son oreille des lèvres desséchées de son père. Il ne pouvait pas croire qu'il allait mourir. Son père ! Il ne voulait même pas y penser. Anderson murmura quelque chose.

— Essaie de parler plus fort ! lui cria Neil dans sa bonne oreille. (Puis à ceux qui étaient rassemblés autour d'eux :) Où est donc la lanterne ? Où est Alice ? Elle devrait être ici, maintenant. Qu'est-ce que vous avez à rester là comme ça ?

— Alice est avec le bébé, chuchota Blossom. Elle dit qu'elle n'en a que pour une minute.

Anderson parla de nouveau, assez fort pour que Neil, mais lui seul, l'entende.

— Buddy...

C'est tout ce que le vieillard dit, mais il le répéta plusieurs fois.

— Que dit-il? demanda Blossom.

— Qu'il veut me parler seul à seul. Vous autres, laissez-nous, hein? Père a des choses à me dire en privé.

Il y eut des murmures et des bruits de pieds et les quelques personnes qui ne dormaient pas encore (la période de veille s'était terminée plusieurs heures auparavant) s'éloignèrent vers d'autres secteurs de la racine pour laisser le père et le fils en tête à tête. Neil tendit l'oreille pour vérifier que tout le monde était bien parti. Dans ces ténèbres abyssales, on n'était jamais sûr d'être seul.

— Buddy n'est pas là, dit-il enfin. Il est avec Maryann et Alice auprès du bébé qui ne semble pas respirer comme il faut.

Neil avait la gorge desséchée, et il avait du mal à déglutir. *La place d'Alice devrait être ici, maintenant*, pensa-t-il avec irritation. Il avait l'impression que tout ce dont ils savaient parler, c'était le bébé, le bébé, le bébé. Il en avait assez de leur bébé. Lui aussi, il allait en avoir un. Mais qui en parlait?

Assez curieusement, c'était sur Neil que le mensonge de Greta avait fait la plus forte impression. Il y croyait avec une foi aveugle et inconditionnelle, tout comme Maryann croyait à la naissance virginale du Christ. Il avait la faculté d'écarter comme une simple toile d'araignée les faits les plus gênants ou les plus évidents. Il avait même décidé que *son* bébé s'appellerait Neil Junior. Ce vieux Buddy verrait un peu!

— Va chercher Orville, alors, murmura Anderson, irrité. Et ramène les autres. J'ai quelque chose à leur annoncer.

— Tu peux me le dire à moi, hein? Hein, p'pa?

— Va chercher Orville, je te dis!

Un accès de toux secoua le vieillard.

— D'accord, d'accord! (Neil s'éloigna un peu de la cavité du fruit où était couché son père, compta jusqu'à cent (passant dans sa hâte de cinquante-neuf à soixante-dix, et revint sur ses pas). Orville est ici, père. Comme tu me l'as demandé.

130

Anderson ne s'étonna pas de ne pas être salué par Orville. Depuis quelques jours, tout le monde restait muet en sa présence, celle, aussi, de la mort.

— Il y a longtemps que j'aurais dû vous dire cela, Jeremiah, commença-t-il. (Il parlait rapidement, de peur que ce sursaut d'énergie ne l'abandonne avant la fin.) J'ai attendu trop longtemps. Mais vous vous en doutiez, je le sais. Cela se voyait à votre regard. Il était inutile de... (Il s'interrompit pour tousser.) Tenez. (Il esquissa un mouvement dans l'obscurité.) Prenez mon revolver. Il ne reste qu'une balle, mais pour certains d'entre eux il représente une sorte de symbole. C'est aussi bien ainsi. Il y a tellement de choses que je voulais vous dire, mais je n'en ai pas eu le temps.

Pendant tout ce discours, Neil s'était de plus en plus agité. A la fin, il ne put se contenir :

— De quoi parles-tu, p'pa ?

Anderson gloussa.

— Il n'a pas encore compris. C'est vous qui le lui dites, ou voulez-vous que je m'en charge ? (Il y eut un silence.) Orville ? demanda le vieillard d'une voix transformée.

— Explique-moi, p'pa. Qu'est-ce qu'il y a que je n'ai pas compris ?

— Que Jeremiah Orville prend ma place à partir de maintenant. Aussi, va le chercher, et tout de suite !

— P'pa, tu ne peux pas me faire ça ! (Neil se mit à se mordre nerveusement la lèvre inférieure.) C'est pas un Anderson. Il est même pas du village. Ecoute, p'pa, je vais te dire. C'est moi qui prends ta place, hein ? Je me débrouillerai mieux que lui. Hein ? Donne-moi juste une chance. Une chance, c'est tout ce que je demande.

Anderson ne répondit pas. Neil recommença depuis le début, d'une voix patiente, plus persuasive.

— Il faut que tu comprennes, p'pa... Orville, il est pas de chez nous.

— Il le sera bientôt, sale petit bâtard. Amène-le ici tout de suite !

— P'pa, qu'est-ce que tu veux dire par là ?

— Qu'il va épouser ta sœur. Maintenant, arrête de faire le crétin et va me chercher Orville.

— P'pa, tu ne peux pas faire ça. P'pa!

Anderson n'ouvrit plus la bouche. Neil lui démontra pourquoi Orville ne pouvait pas épouser Blossom. Elle n'avait que quatorze ans! Et puis, c'était sa sœur, à lui, Neil! Ne comprenait-il pas? Et d'abord, qui était cet Orville? Il n'était rien du tout. Depuis longtemps, ils auraient dû le tuer, en même temps que les autres pillards. Lui, Neil, c'est ce qu'il avait toujours dit. Et il était prêt à réparer cela maintenant, qu'Anderson dise seulement un mot. Hein? Un mot.

Quels que soient les arguments avancés par Neil, le vieillard ne bronchait pas. *Etait-il mort?* Non, car il respirait encore. Neil était au comble de la détresse.

Son oreille attentive perçut des bruits de pas qui revenaient.

— Laissez-nous tout seuls! leur cria-t-il.

Ils refluèrent sans avoir eu le temps d'entendre Anderson qui leur ordonnait le contraire.

— Nous allons parler de ça toi et moi, hein p'pa? fit Neil d'une voix suppliante.

Anderson ne répondit pas un mot. Pas un seul.

Les larmes aux yeux, Neil fit ce qu'il avait à faire. Il pinça hermétiquement les narines du vieillard et appuya très fort son autre main sur sa bouche. Au début, Anderson se débattit un peu, mais il était trop faible pour offrir une résistance prolongée. Lorsque le vieillard fut enfin tranquille, tout à fait tranquille, Neil retira ses mains et vérifia s'il respirait encore.

Il ne respirait plus.

Neil s'empara du ceinturon et de l'arme du vieillard et les ajusta autour de sa taille. Cela représentait une sorte de symbole.

Peu après, Alice arriva avec la lanterne et tâta le pouls du vieillard.

— Quand est-il mort? demanda-t-elle.

— Il y a une minute à peine, fit Neil. (Il sanglotait tellement qu'on avait du mal à le comprendre.) Il m'a demandé... il m'a ordonné de le remplacer. Et il m'a donné son revolver.

Alice lui jeta un regard soupçonneux. Puis elle se pencha sur le visage du mort et l'examina à la lueur de la lanterne. Il y avait des marques bleues sur les ailes du nez et la lèvre inférieure était fendue et maculée de sang. Neil se penchait aussi derrière elle. Il ne comprenait pas d'où provenait ce sang.

— Vous l'avez assassiné.

Neil n'en croyait pas ses oreilles : elle le traitait d'assassin !

Il frappa Alice au sommet du crâne de la crosse de son revolver. Puis il essuya le sang qui coulait sur le menton de son père et pressa de la pulpe de fruit sur la lèvre fendue.

Quelques personnes arrivèrent. Il leur expliqua que son père était mort et que lui, Neil Anderson, avait été désigné pour prendre sa place. Il expliqua aussi qu'Alice Nemerov avait laissé mourir son père alors qu'elle aurait pu le sauver. Cette histoire de s'occuper du bébé, c'étaient des boniments. Elle aurait aussi bien pu le tuer de ses propres mains. Il fallait faire un exemple et l'exécuter. Mais pas tout de suite. Pour l'instant il suffisait de l'attacher. Et de la bâillonner. Neil lui-même s'occupa du bâillon.

Ils lui obéirent. Ils étaient accoutumés à obéir à son père, et depuis longtemps — des années — ils s'attendaient à ce que ce soit lui qui prenne sa place. Naturellement, ils ne croyaient pas à la culpabilité d'Alice, mais Anderson non plus ne leur avait pas toujours dit la vérité et ils lui obéissaient quand même. Peut-être que si Buddy avait été là les choses ne se seraient pas passées aussi facilement. Mais Buddy était avec Maryann et le nouveau-né, dont l'état inspirait toujours quelques inquiétudes. Ils n'avaient pas osé amener le bébé près de son grand-père.

Sans compter que Neil brandissait son *Python* avec un peu trop de décontraction. Personne n'ignorait qu'il restait encore une balle, et personne n'avait envie d'être le premier à oser une remarque.

Une fois Alice soigneusement ligotée, Neil demanda où était Orville. Personne, semblait-il, ne l'avait vu ou entendu depuis plusieurs minutes.

— Trouvez-le et ramenez-le-moi le plus vite possible.

Blossom! Où est Blossom? Je l'ai vue ici il n'y a pas une minute.

Mais Blossom était introuvable.

— Elle s'est perdue! s'écria Neil en un éclair d'intuition. Elle s'est perdue dans les racines. Nous allons organiser les recherches. Mais avant, trouvez-moi Orville. Ou plutôt non... aidez-moi d'abord à faire ça.

Il souleva Alice par les aisselles. Quelqu'un lui prit les pieds. Elle ne pesait pas plus lourd qu'une musette d'avoine, et l'embranchement vertical le plus proche n'était qu'à deux minutes de là. Ils la lâchèrent dans le puits. Ils ne la virent pas tomber car Neil avait oublié d'emporter la lanterne. Mais nul doute qu'elle tomba loin, très loin.

A présent son père était vengé. Il pouvait s'occuper d'Orville. Il ne restait plus qu'une balle dans le colt *Python* de son père, et cette balle était pour Orville.

Mais d'abord, il fallait retrouver Blossom. Elle avait dû se mettre à courir n'importe où en apprenant que son père était mort. Neil comprenait aisément cela.

D'abord, ils chercheraient Blossom. Puis ils essaieraient de retrouver Orville. Il espérait, de toutes ses forces il espérait qu'on ne les découvrirait pas ensemble. Une telle pensée était vraiment trop terrible.

APPARITIONS ET MONSTRES

Il faut te cacher, se dit-elle, et c'est ainsi qu'elle se perdit.

Un jour, quand Blossom avait sept ans, ses parents avaient décidé de passer un week-end à Duluth en emmenant le bébé, Jimmy Lee, avec eux, et l'avaient laissée seule dans leur grande maison à l'entrée de Tassel. C'était leur dix-huitième anniversaire de mariage. Buddy et Neil, assez grands pour sortir tout seuls, étaient allés l'un au bal, l'autre à un match de baseball. Elle avait regardé la télévision quelque temps, puis elle avait joué avec ses poupées. La maison était devenue toute sombre, mais son père avait établi pour règle de ne jamais allumer deux lampes en même temps. Cela gaspillait de l'électricité.

Elle voulait bien avoir un peu peur. Ce n'était pas tout à fait déplaisant comme sensation. Elle éteignit donc les lumières et fit comme si le Monstre était en train de la chercher dans l'obscurité. Sur la pointe des pieds, osant à peine respirer, elle trouva des cachettes pour tous ses enfants : Lulu, qui de toute façon était noire, dans le seau à charbon à la cave. Coccinelle, derrière la caisse des chats. Nelly, l'aînée, dans la corbeille à papier derrière le bureau de papa. C'était de plus en plus terrifiant. Le Monstre la cherchait partout dans le living-room excepté à l'endroit où elle était cachée — derrière le fauteuil à bascule. Quand il quitta le living-room, Blossom monta furtivement les marches en se glissant le long du mur pour les empêcher de craquer. Mais l'une d'elles craqua. Le

Monstre l'entendit et rappliqua immédiatement, *clapa-boum, clapaboum*, derrière elle. Avec un cri de terreur, excitée, elle se précipita dans la première chambre venue et referma la porte derrière elle. C'était la chambre de Neil, et la grosse tête cornue de l'élan la fixait méchamment de sa place au-dessus de la commode. Elle avait peur de l'élan, mais elle était bien plus terrorisée par le Monstre qui l'attendait dehors et qui collait son oreille à chaque porte pour entendre si elle était là.

Retenant sa respiration, elle gagna à quatre pattes le placard entrouvert de Neil et se dissimula parmi les vieux souliers odorants et les blue-jeans crasseux de son frère. La porte de la chambre s'ouvrit imperceptiblement. Il faisait si noir qu'elle ne voyait pas sa propre, main devant elle, mais elle entendait le souffle haletant du Monstre. Il s'avança jusqu'à la porte du placard et s'arrêta. Il *sentait* qu'elle était à l'intérieur. Le cœur de Blossom cessa presque de battre et elle adressa une prière à Dieu et à Jésus-Christ pour que le Monstre s'en aille.

Le Monstre fit un bruit terrible et ouvrit toute grande la porte du placard. Pour la première fois, elle vit vraiment le Monstre. Elle hurla, hurla, hurla.

Neil était rentré le premier ce soir-là, et il ne comprit pas pourquoi Blossom était dans son placard, la tête couverte de ses vieux blue-jeans, gémissant comme si elle venait de recevoir le martinet et tremblant comme une grive surprise par une giboulée de mars. Lorsqu'il la prit dans ses bras, son petit corps devint rigide et elle n'eut de cesse cette nuit-là que Neil ne la laisse dormir avec lui dans son lit. Le lendemain matin, elle avait de la fièvre et ses parents durent interrompre leur voyage pour rentrer la soigner. Personne ne sut jamais ce qui s'était passé, car Blossom n'osait pas leur parler du Monstre, qu'ils ne voyaient pas. Finalement, l'incident fut oublié. Et à mesure que Blossom grandissait, le contenu de ses cauchemars subissait un changement : les anciens monstres n'étaient pas plus terrifiants à présent que la tête d'élan au-dessus de la commode.

Les ténèbres, cependant, sont la substance même de

la peur, et Blossom, éperdue courant et rampant parmi les racines, descendant de plus en plus loin dans l'abîme, sentit ses vieilles terreurs reprendre possession d'elle. Soudain, toutes les lumières de la maison étaient éteintes. L'obscurité s'emplissait de monstres comme une baignoire où l'eau monte, et elle courait affolée à la recherche d'un placard où se cacher.

Depuis la longue agonie de son père, bien avant même, Blossom était beaucoup trop seule. Elle sentait qu'il y avait quelque chose qu'il aurait voulu lui dire, mais qu'il ne pouvait se résoudre à le faire. Ces hésitations l'humiliaient. Elle avait acquis la conviction qu'il ne voulait pas qu'elle le voie mourir, et elle s'était astreinte à rester éloignée. Alice et Maryann, avec qui elle aurait normalement passé une grande partie de son temps, ne se préoccupaient plus maintenant que du bébé. Blossom aurait voulu les aider, mais elle était trop jeune. Elle était encore à l'âge où l'on se sent mal à l'aise en présence de la mort ou de la naissance. Elle errait donc en marge de tous ces grands événements et, se sentant exclue, s'apitoyait sur elle-même. Elle s'imaginait mourante : comme ils regretteraient tous, alors, de l'avoir négligée !

Même Orville n'avait pas de temps à consacrer à Blossom. Il était ou bien seul avec ses propres pensées, ou bien aux côtés d'Anderson. A part Neil, personne n'était plus bouleversé que lui par l'agonie du vieillard. Chaque fois que les chemins d'Orville et de Blossom s'étaient croisés, il l'avait regardée avec une si terrible intensité qu'elle avait détourné le visage, rougissante et même un peu effrayée. Elle avait l'impression qu'elle ne le comprenait plus et cela, en un sens, la rendait un peu plus amoureuse – d'un amour sans espoir.

Toutefois, aucune de ces raisons n'aurait pu la contraindre à prendre la fuite, si ce n'est dans ses propres fantasmes. Mais lorsqu'elle aperçut le visage de Neil, son expression hagarde et comme hypnotisée, lorsqu'elle entendit le son de sa voix quand il prononça son nom, alors – comme une biche qui capte l'effluve du chasseur — elle fut prise de panique et se mit à courir : droit devant elle, dans l'obscurité protectrice.

Elle allait à l'aveuglette, et inévitablement elle devait finir par tomber dans l'un des puits béants qui s'ouvraient au milieu des galeries. Cela arrivait, dans l'obscurité, même lorsqu'on faisait attention. Le vide la happa tout entière.

Ses genoux repliés trouvèrent les premiers la pulpe fragile du fruit, puis son corps s'inclina lentement en avant dans la masse cotonneuse. Elle tomba, tomba, puis atterrit sans mal, à quelques centimètres du corps meurtri mais encore vivant d'Alice Nemerov.

Il avait trop hésité. Jeremiah Orville avait attendu trop longtemps. Il voulait se venger, et au lieu de cela il avait apporté son aide. Jour après jour, il avait assisté à l'agonie d'Anderson, à ses souffrances et à son humiliation, et il savait que lui, Jeremiah Orville, n'y était pour rien. C'étaient la Plante et les circonstances qui avaient consommé la perte du vieillard.

Tel Hamlet, Orville, spectateur passif, avait dit *amen* à la moindre prière du vieillard et n'avait dupé que lui-même par ses subtilités. A trop vouloir le punir de sa propre main, il l'avait protégé de la Plante et l'avait conduit, lui et sa tribu, au pays de cocagne. Et maintenant son ennemi se mourait, sans qu'il y fût pour rien, à cause d'une simple morsure infectée.

Tandis qu'Orville ressassait ainsi, dans l'obscurité, ses regrets, une image, un fantasme prit forme devant lui, surgissant du néant. Chaque jour, l'apparition se faisait plus précise, mais il savait, depuis le jour où un vague frémissement avait troué l'obscurité, que c'était le spectre de Jackie Whythe. Mais d'une Jackie qui n'avait jamais existé : jeune, souple et délicate, l'essence même de la grâce et de la féminité.

Elle lui fit, au moyen de tous ses artifices habituels, déclarer son amour pour elle. Il jura qu'il l'aimait, mais elle ne voulait pas le croire. Elle lui fit répéter son serment encore et encore.

Elle lui rappela leurs nuits passées ensemble, les trésors de son jeune corps... et l'horreur de sa mort. Et elle demandait :

— *M'aimes-tu ?*

— *Je t'aime, je t'aime*, répétait-il. *Peux-tu douter de mon amour ?* Il brûlait du désir de la posséder à nouveau. Il mendia un dernier baiser, un simple contact, un souffle seulement, mais elle refusa.

— *Je suis morte*, lui rappela-t-elle, *et tu ne m'as pas vengée.*

— Choisis qui tu voudras, fit-il à haute voix, empoignant la hache dont, pendant tout ce temps, le tranchant avait reposé sur la paume de sa main. Donne-moi un nom, et avec cette même hache...

— *Blossom*, murmura aussitôt le fantôme, non sans un soupçon de jalousie. *Tu m'as abandonnée pour cette enfant. Tu courtises une gosse.*

— Non ! C'était seulement pour mieux la trahir. C'était pour toi.

— *Alors trahis-la maintenant. Trahis-la, et je te reviendrai. Alors seulement tu pourras m'embrasser. Et quand tu me toucheras, ta main rencontrera de la chair.* Sur ces mots, elle disparut.

En cet instant, il comprit qu'elle n'était pas réelle, que c'était, peut-être, le début de la folie. Mais cela n'avait pas d'importance. Même si elle n'était pas réelle, ce qu'elle avait dit était vrai.

Aussitôt, il partit à la recherche de sa future victime. Il la trouva près d'un groupe assemblé autour du corps d'Anderson. Alice Nemerov gisait, ligotée, près du corps. Neil était là aussi, il semblait divaguer. Mais Orville ne prêta attention à rien de tout cela. C'est à ce moment que Blossom, comme si elle devinait ses intentions, s'enfuit comme une folle dans les couloirs obscurs de la Plante. Il la poursuivit. Cette fois-ci, il ferait ce qu'il avait à faire — il l'accomplirait proprement, avec célérité, à la hache.

Comprimant la pulpe compacte du fruit entre ses deux mains, Blossom réussit à extraire quelques gouttes de liquide huileux. Mais il était si chaud à cette profondeur — vingt-sept degrés ou plus — qu'elle ne pouvait espérer ranimer Alice avec ça. Elle recommença à masser les mains frêles, à tapoter les joues et les bras de la vieille femme. Mécaniquement, elle répétait :

— Alice, réveillez-vous... Alice, s'il vous plaît. Faites un effort. C'est moi, Blossom... Alice?... Tout va bien, maintenant... Oh, s'il vous plaît! (A la fin, elle parut reprendre conscience, car elle gémit.) Vous allez bien? Alice?

Alice émit un bruit rappelant la parole, qui se termina par une large inspiration sifflante. Lorsqu'elle put enfin parler, ce fut d'une voix forte et résolue.

— Ma hanche. Je crois... oui, elle est fracturée.

— Oh, non! Alice! Est-ce que... est-ce que ça fait mal?

— Horriblement, ma chérie.

— Pourquoi a-t-il fait ça? Pourquoi Neil a-t-il...

Elle s'interrompit. Elle n'osait pas dire à haute voix ce que Neil avait fait. Maintenant qu'Alice avait repris conscience, ses terreurs et son agitation s'emparaient d'elle à nouveau. C'était comme si elle n'avait ranimé Alice que pour qu'elle lui dise que le Monstre n'existait pas, que c'était seulement un produit de son imagination.

— Pourquoi il m'a jetée dans ce trou? Parce que, ma chérie, cette canaille a tué ton père et parce que je l'ai découvert et que j'ai commis la bêtise de le lui dire. Et puis, je crois qu'il ne m'a jamais portée dans son cœur.

Blossom lui répondit qu'elle ne la croyait pas, qu'une telle accusation était absurde. Elle lui fit raconter tout ce qu'elle savait, lui demanda des preuves, les réfuta. Elle lui fit, malgré ses souffrances, répéter chaque détail, et quand même elle refusait de la croire. Son frère avait beaucoup de défauts, mais ce n'était pas un assassin.

— Il m'a bien assassinée, moi, fit Alice.

Il était difficile de répliquer à cela.

— Mais *pourquoi* aurait-il fait une chose pareille? Pourquoi tuer un homme qui est sur le point de mourir? Cela n'a pas de sens. Il n'avait aucune raison.

— C'est à cause de toi, ma chérie.

Blossom sentait presque le souffle du Monstre sur sa nuque.

— Que voulez-vous dire? (Elle serra le poignet d'Alice presque méchamment.) Pourquoi à cause de moi?

— Parce qu'il a dû découvrir que ton père voulait te marier à Orville.

— Papa voulait... Je ne comprends pas.

— Il voulait qu'Orville soit notre nouveau chef, qu'il prenne sa succession. Ce n'est pas ce qu'il désirait vraiment, mais il avait compris qu'il n'y avait pas d'autre solution. Il n'en avait encore parlé à personne. C'est ma faute. Je lui avais conseillé d'attendre. Je pensais que cela le maintiendrait en vie. Jamais je n'aurais imaginé que...

Alice continua à parler, mais Blossom ne l'écoutait plus. Elle comprenait maintenant ce que son père avait voulu lui dire et pourquoi il hésitait. Les remords et la peine l'envahirent. Elle l'avait mal jugé. Elle l'avait laissé tout ce temps souffrir seul. Et lui ne pensait qu'à son bonheur, un bonheur qu'elle avait souhaité pour elle-même! Si seulement elle pouvait retourner en arrière pour implorer son pardon, pour le remercier. C'était comme si Alice, en quelques mots, avait rallumé toutes les lumières de la maison et ramené son père à la vie.

Mais les paroles suivantes d'Alice la glacèrent.

— Tu ferais bien de te méfier de lui, dit-elle. Ne lui fais pas confiance. Surtout toi.

— Non, non, vous ne comprenez pas. Je l'aime. Et je crois qu'il m'aime aussi.

— Je ne parlais pas d'Orville. Bien sûr qu'il t'aime. Le premier imbécile venu s'en apercevrait. C'est de Neil qu'il faut te méfier. Il est fou.

Blossom ne la démentit pas. Elle savait, mieux qu'Alice, quoique plus confusément jusqu'à aujourd'hui, à quel point c'était vrai.

— Et ses obsessions sont en partie liées à toi.

— Lorsque les autres sauront ce qu'il a fait, lorsque je le leur dirai...

Elle n'eut pas besoin d'achever sa phrase. Lorsque les autres sauraient, ils tueraient Neil.

— C'est pourquoi je t'ai tout raconté. Pour que tout le monde sache.

— Vous le leur direz vous-même. Nous allons remonter. Maintenant. Tenez... passez votre bras autour de mes épaules.

Alice protesta, mais elle ne l'écouta pas. La vieille femme n'était pas bien lourde, et Blossom pourrait la porter en cas de nécessité.

Un cri de douleur jaillit des lèvres d'Alice, et elle retira vivement son bras :

— Non! non, je ne pourrai jamais... cela fait trop mal.

— Je vais aller chercher de l'aide.

— De l'aide? Quelle aide? Un médecin? Une ambulance? Je n'ai pas pu guérir ton père d'une morsure de rat, et ce que j'ai, c'est...

Le gémissement qui lui échappa était bien plus éloquent que tout ce qu'elle aurait pu dire.

Pendant un long moment, Blossom se mordit les lèvres pour s'empêcher de parler. Lorsqu'elle sentit qu'Alice était de nouveau prête à l'écouter, elle déclara :

— Alors, je resterai ici à côté de vous.

— Pour me regarder mourir? Cela prendra quelque temps. Pas plus de deux jours, cependant, et ce ne sera pas joli à voir ni à entendre. Non... si tu veux m'aider, il n'y a qu'une seule chose à faire. Mais tu dois être forte.

— Quoi que ce soit, je suis prête à le faire.

— Promets-le-moi. (La main de Blossom pressa la sienne pour la rassurer.) Promets-moi de me faire ce que Neil a fait à ton père.

— Vous tuer? Non! Vous ne pouvez pas me demander ça, Alice...

— Ma chérie, je l'ai fait en mon temps pour ceux qui me l'ont demandé. Et certains avaient moins de raisons que moi. Un peu d'air dans la seringue, et la... (elle réussit, cette fois-ci, à s'empêcher de gémir) douleur disparaît. Blossom, je t'en supplie!

— Quelqu'un viendra peut-être. Nous ferons une civière.

— Oui, quelqu'un viendra peut-être. Neil... Imagines-tu ce qu'il ferait s'il me trouvait encore en vie?

— Non! Il n'oserait pas...

Mais en disant cela, elle savait qu'il oserait.

— Il le faut, ma chérie. Rappelle-toi ta promesse. Mais d'abord, embrasse-moi. Là.

Les lèvres tremblantes de Blossom déposèrent un baiser sur la joue d'Alice, crispée de douleur contenue.

— Je vous aime, chuchota Blossom. Je vous aime comme ma propre mère.

Puis elle fit ce que Neil avait fait à son père. Le corps d'Alice se tordit, instinctivement, pour lui échapper, et Blossom relâcha son étreinte.

— Non! souffla Alice d'une voix rauque. Ne me torture pas. Fais-le.

Cette fois-ci, Blossom tint bon jusqu'à ce que la vieille femme fût morte.

L'obscurité devint plus dense, et Blossom crut entendre quelqu'un qui descendait de la racine au-dessus de l'endroit où elle se trouvait. Lorsqu'il dégringola dans la pulpe du fruit, cela fit un bruit épouvantable. Blossom savait d'avance à qui ressemblerait le Monstre : il ressemblerait à Neil. Elle hurla, hurla et hurla...

Le Monstre avait une hache à la main.

— Reviens vite, supplia-t-elle.

— Je te le promets.

Buddy se pencha sur sa femme, manqua ses lèvres dans l'obscurité (la lanterne, par ordre de Neil, devait demeurer près du corps d'Anderson) et l'embrassa sur le nez à la place. Puis, avec une prudence extrême, il toucha d'un doigt le petit bras fragile de son fils. « Je t'aime », dit-il, sans préciser s'il s'adressait à elle ou au nouveau-né. Il ne le savait pas lui-même. Il savait seulement que malgré les terribles événements de ces derniers mois, particulièrement de ces dernières heures, sa vie semblait avoir une signification qu'elle n'avait pas eue depuis des années. Les plus sombres considérations ne pouvaient ni ternir son optimisme ni entamer sa satisfaction. Il en est ainsi au milieu des plus grands désastres, des pires catastrophes : la machine de joie continue de grincer pour le bien de quelques élus.

Maryann semblait plus consciente que lui de ce que leur cercle magique avait un diamètre réduit, car elle murmura :

— C'est atroce, ce qui s'est passé.

— Quoi ? demanda Buddy.

Son attention était entièrement captivée par le petit peton de Buddy Junior.

— Pour Alice. Je ne comprends pas pourquoi il...

— Il est fou, déclara Buddy. Ils se sont peut-être disputés. Elle n'a... elle n'avait pas sa langue dans sa poche, tu le sais. En revenant, je verrai ce qu'on pourra faire. Il est capable de n'importe quoi. Orville nous aidera, il y en a plusieurs qui me l'ont fait comprendre aussi. En attendant, il a un revolver et nous pas. Et puis, le plus important pour le moment, c'est de retrouver Blossom.

— C'est vrai. C'est le plus urgent. Mais tout cela est tellement atroce.

— C'est atroce, approuva-t-il. (On entendit de nouveau Neil qui l'appelait.) Il faut que je parte maintenant.

Il commença à s'éloigner.

— J'aimerais avoir la lanterne pour te voir une dernière fois.

— On dirait que tu crois que je ne reviendrai jamais.

— Oh ! Ne dis pas cela, même pour plaisanter... Tu reviendras. Je sais que tu reviendras. Mais, Buddy...

— Maryann ?

— Dis-le-moi encore.

— Je t'aime.

— Moi aussi, je t'aime. (Et lorsqu'elle fut sûre qu'il était parti, elle ajouta :) Et je t'ai toujours aimé.

Les membres de l'expédition de recherche se guidaient dans le labyrinthe descendant des racines à l'aide d'une mince corde tressée par Maryann. Lorsque l'un d'eux se séparait du groupe, il nouait l'extrémité de la cordelette qui ceignait sa taille à la corde mère qui partait de la racine où gisait le corps d'Anderson, près de la lanterne solennelle.

Neil et Buddy arrivèrent seuls au bout de la corde mère. Lorsqu'elle fut atteinte, ils se trouvaient à un nouvel embranchement des racines. Buddy noua l'extrémité de sa cordelette à celle de la corde principale et continua sur la gauche. Neil, après avoir fait de même, prit sur la droite, mais s'arrêta peu de temps après. Il s'assit pour réfléchir, en se concentrant de toutes ses forces.

Il se méfiait de Buddy. Cela, depuis toujours. Maintenant que leur père était décédé, ne faudrait-il pas qu'il s'en méfie davantage? Il se croyait fort, Buddy, avec son moutard. Il imaginait qu'il était le seul au monde à avoir un fils. Neil le détestait, mais pour d'autres raisons également qu'il se refusait à admettre consciemment. Car à supposer que le présumé Neil Junior existât vraiment, il y avait des chances pour qu'il doive son existence à une intervention autre que la sienne; et cette pensée-là, Neil préférait ne pas l'examiner de trop près.

Il était tourmenté. Il percevait chez certains de ceux qui participaient aux recherches une réticence à admettre son autorité, et cette réticence semblait cristallisée autour de Buddy. Un chef n'a pas le droit de laisser mettre son autorité en question; c'est ce que répétait toujours leur père. Mais naturellement Buddy, lui, ne tenait aucun compte des volontés de son père, qui étaient que Neil prenne sa place. Buddy avait toujours été un insoumis, un rebelle, un athée.

Oui, c'est exactement ce qu'il est! songea Neil, étonné de sa propre perspicacité et de la perfection avec laquelle ce mot décrivait tout ce qu'il y avait de dangereux chez son frère. *Un athée!* Pourquoi ne s'en était-il pas aperçu plus tôt?

D'une manière ou d'une autre, il fallait détruire les athées. Ils étaient le poison dans la citerne d'eau potable du village. Ils étaient... Mais Neil ne se rappelait pas la suite. Il y avait si longtemps que leur père n'avait pas prononcé un de ses fameux sermons contre l'athéisme ou la Cour suprême.

Dans le même élan, une autre idée s'imposa à l'esprit de Neil. Ce fut pour lui une inspiration, une révélation sublime... presque comme si les mânes de son père étaient revenus murmurer à son oreille.

Il ferait décrire un cercle à la cordelette de Buddy!

De sorte que lorsqu'il voudrait retrouver son chemin, il tournerait en rond, indéfiniment. Une fois qu'on avait compris le principe de base, il n'y avait rien de plus simple.

Il y avait un petit ennui, cependant, si on y regardait de plus près. Une partie du cercle se trouverait ici, à cet embranchement, et Buddy, en tâtonnant, pourrait découvrir l'extrémité de la corde mère attachée à la cordelette de Neil.

Sauf si le cercle évitait cet embranchement!

En gloussant de satisfaction, Neil dénoua la cordelette de Buddy et se mit à suivre la voie qu'elle traçait en l'enroulant au fur et à mesure. Lorsqu'il jugea qu'il s'était assez éloigné, il s'engagea dans une racine secondaire en déroulant la cordelette. Cette racine communiquait avec une autre racine plus petite, et ainsi de suite. En obliquant toujours du même côté, on était presque sûr de revenir au point d'où on était parti. Effectivement, Neil se retrouva bientôt dans la première racine, où il heurta la corde de Buddy, tendue à trente centimètres du sol. Buddy ne devait pas être loin.

Le stratagème de Neil réussissait à merveille. Après avoir presque atteint l'extrémité de la corde, il y noua le bout qu'il tenait en main et forma ainsi un cercle parfait.

Et maintenant, pensa Neil, ravi, *essaie un peu de t'y retrouver. Essaie de venir me causer des ennuis. Sale athée!*

Neil commença à retourner sur ses pas dans l'obscurité en se laissant guider par la corde de Buddy et en riant tout le long du chemin. Ce n'est que quelque temps après qu'il remarqua qu'une sorte de buée visqueuse s'était déposée sur ses mains et sur ses vêtements.

CUCKOO, JUG-JUG, PU-WE,
TO-WITTA-WO !

Il y a des gens qui sont incapables de hurler, même quand les circonstances l'exigent. N'importe quel sergent instructeur vous citera le cas de ces recrues qui, tout en faisant d'excellents soldats, sont incapables, au moment de s'élancer pour planter leur baïonnette dans le ventre d'un mannequin de son, d'émettre le moindre cri d'attaque et parviennent au plus à faire sortir de leur gosier quelque bredouillement chétif et sans conviction. Non qu'ils soient privés des instincts sanguinaires élémentaires; mais ils sont simplement devenus trop civilisés pour se laisser aller à des manifestations de rage impulsive. Peut-être dans le feu de l'action cela reviendra-t-il; ou peut-être jamais.

Il est des instincts primordiaux plus essentiels à la conservation que la haine ou le goût du sang. Mais c'est la même chose pour eux : ils sont étouffés, recouverts d'une gangue solide par la civilisation et les émotions secondaires. Seules des circonstances extrêmes peuvent les libérer.

Jeremiah Orville était un homme très civilisé. Sous de nombreux aspects, les sept années écoulées l'avaient libéré, mais elles n'avaient que très récemment effacé en lui l'empreinte de la civilisation, au moment où les événements lui avaient dicté de faire passer l'accomplissement de sa vengeance avant son propre bonheur et sa sécurité. C'était un début.

Lorsqu'il se trouva, cependant, face à Blossom, la hache levée dans l'obscurité, invisible lui-même, lorsqu'il entendit les cris déchirants qu'elle poussait, un instinct d'amour encore plus puissant l'envahit et, laissant tomber son arme, il se mit à genoux, étreignant le jeune corps qui était maintenant pour lui la chose la plus belle et la plus importante du monde.

— Blossom! Oh Blossom! s'écria-t-il, ivre de tendresse et de joie. (Et il continua à répéter son nom.)

— Jeremiah! Toi! Mon Dieu, j'ai cru que c'était *lui*!

Et lui, au même instant :

— Comment ai-je pu croire que je l'aimais, elle, un fantôme sans chair, alors que pendant ce temps... Pardonne-moi! Pourras-tu me pardonner jamais?

Elle ne comprenait pas. « Te pardonner! » Elle rit, puis pleura, et ils se dirent alors beaucoup de choses, ainsi, sans y penser, sans essayer de voir plus loin que le fait encore non assimilable de leur amour.

Orville et Blossom ne purent profiter du bonheur de se regarder dans les yeux de longues heures durant, mais l'obscurité autorisait autant qu'elle empêchait. Ils s'attardèrent, lambinèrent; ils s'appelèrent *mon chéri, mon tendre amour, mon doux trésor*, et ces noms affectueux et tout simples (que jamais Jeremiah n'avait échangés avec Jackie Whythe, encline à plus de sophistication verbale) semblaient exprimer une philosophie de l'amour aussi exacte que l'arithmétique et aussi subtile que la musique.

Finalement, la réalité reprit ses droits et troubla la sérénité de leur amour comme un caillou la surface unie de l'eau.

— Les autres doivent être en train de me chercher, murmura-t-elle. Et j'ai quelque chose de grave à leur dire.

— Je sais... J'ai entendu de là-haut ce que te disait Alice.

— Alors, tu sais que papa souhaitait cela. Il était sur le point de l'annoncer quand...

— Je sais.

— Et Neil...

— Je le sais aussi. Mais tu n'as plus à t'inquiéter pour tout ça. (Il se pencha pour lui embrasser le lobe de l'oreille.) Il n'est pas nécessaire d'en parler. Plus tard, nous ferons ce qu'il y a à faire.

Elle le repoussa.

— Non, Jeremiah. Ecoute... Partons d'ici tous les deux. Fuyons leurs haines et leurs jalousies. Allons dans un endroit où ils ne nous trouveront pas. Nous pouvons être Adam et Eve. Nous avons le monde entier...

Elle se tut brusquement car le monde entier leur appartenait réellement. Elle tendit le bras pour attirer Orville à nouveau contre elle — et pour repousser un peu plus longtemps le monde extérieur — mais au lieu d'Orville sa main rencontra la hanche fracturée d'Alice.

Une voix qui n'était pas celle d'Orville cria son nom.

— Pas encore, chuchota-t-elle. Je ne veux pas que cela finisse maintenant.

— Cela ne finira pas, promit Orville en l'aidant à se relever. Nous avons la vie devant nous. Une vie, cela dure éternellement. A mon âge, je suis bien placé pour le savoir.

Elle rit. Puis, pour que le monde entier l'entende, elle cria :

— Nous sommes là. Allez-vous-en, qui que vous soyez. Nous retrouverons notre chemin tout seuls.

Mais Buddy, pénétrant dans la racine par une galerie latérale, les avait découverts.

— Qui est avec toi ? demanda-t-il. C'est toi, Orville ? Je devrais te casser la figure pour nous faire un coup pareil. Tu ne sais pas que le vieux est mort ? Tu choisis bien ton moment pour faire une fugue !

— Non, Buddy, tu ne comprends pas, fit Blossom. Orville et moi, nous nous aimons.

— Oui, j'ai très bien compris ça. Nous en parlerons lui et moi, en privé. Je regrette seulement de n'avoir pas été là avant qu'il ait mis ton « amour » à l'épreuve. Pour l'amour du ciel, Orville — elle n'a que quatorze ans ! Elle pourrait être ta fille.

— Mais Buddy, protesta Blossom, ce n'est pas ça du tout. C'est ce que Père souhaitait pour nous. Il l'a dit à Alice et puis...

Buddy, se guidant à leurs voix, s'avança vers eux et trébucha sur le cadavre de l'infirmière.

— Qu'est-ce que c'est que...

— C'est Alice. Si seulement tu voulais écouter...

Blossom éclata en sanglots où la frustration se mêlait au chagrin.

— Assieds-toi, ordonna Orville, et tais-toi un instant. Tu te trompes sur toute la ligne. Non... ne discute pas et écoute...

» Ainsi, le problème, conclut-il, n'est pas de savoir ce qu'il faut faire dans le cas de Neil, mais qui doit le faire. Personnellement, je ne crois pas qu'une telle responsabilité devrait m'incomber, ni à toi non plus. Je n'ai jamais approuvé la façon cavalière dont ton père s'instituait à la fois juge, juré et législateur. C'est un honneur pour moi d'avoir été nommé son successeur, mais un honneur que je préfère décliner. C'est une décision qui concerne la communauté.

— Entièrement d'accord. Je sais que si c'était moi qui... faisais ce qu'il faut faire, ils diraient que j'agis pour des motifs personnels. Et ce serait faux. Je ne désire rien de ce qu'il possède. Plus maintenant, en fait. Tout ce que je veux, c'est aller retrouver Maryann et mon fils.

— Alors il faut partir à la recherche des autres. Blossom et moi nous pouvons rester à l'écart jusqu'à ce que cette affaire soit réglée. Le règne de Neil durera un jour, mais il faudra bien qu'il s'endorme et ce sera largement suffisant pour le destituer.

— Parfait. Nous pouvons nous mettre en route maintenant — mais par un autre chemin. Si nous suivons la corde, nous risquons trop de tomber sur Neil. Il vaut mieux grimper par où tu es descendu.

— D'accord, si Blossom s'en sent le courage.

— Ecoutez-le parler ! J'irai certainement bien plus vite qu'un vieux grand-père de trente-cinq ans et de quatre-vingt-dix kilos !

Buddy les entendit s'embrasser et ne put retenir une moue de désapprobation. En théorie, il acceptait les explications invoquées pour leur défense par Blossom et Orville — les temps avaient changé, il était maintenant préférable de se marier tôt, et Orville était certainement (pour Blossom) le plus éligible de tous les survivants, sans oublier qu'ils avaient la bénédiction posthume d'Anderson. Mais malgré toutes ces bonnes raisons, il ne pouvait se défendre d'avoir des scrupules. Ce n'est qu'une enfant, se disait-il, et contre ce fait pour lui indiscutable, leurs arguments étaient aussi spécieux que ceux qui servent à démontrer qu'Achille ne rattrapera jamais la tortue au bout de leur interminable course.

Cependant, il garda ces réflexions pour lui et ils se mirent en route. Pour rejoindre le puits où Orville et Blossom étaient tombés, il fallait reprendre la galerie par où Buddy était descendu et passer dans une racine si étroite que même à plat ventre ils eurent du mal à progresser. Mais ce n'était qu'un avant-goût de ce qui les attendait dans le puits vertical. Les lianes dont ils avaient espéré s'aider pour grimper étaient recouvertes d'une fine pellicule huileuse. Leurs mains glissaient et seuls les points nodaux où les lianes se rejoignaient (comme les racines, elles formaient un réseau compliqué) offraient une prise relative. Même leurs pieds nus quittaient sans cesse ces étriers improvisés, et ils n'étaient jamais sûrs dans l'obscurité de trouver une autre prise plus haut. Ils étaient continuellement obligés de redescendre pour essayer un autre chemin. C'était comme s'ils voulaient grimper à une échelle de corde enduite de graisse et dont certains barreaux manquaient.

— A quoi bon risquer de nous casser la figure ? demanda Buddy après avoir été lui-même à deux doigts de le faire. Je ne sais pas d'où vient cette saleté, mais ça n'a pas l'air de vouloir diminuer. Plus nous grimpons, plus nous avons des chances d'y laisser notre peau. Après tout, pourquoi ne pas retourner par où je suis venu en suivant la corde ? Il n'est pas dit que nous tomberons sur Neil, et le cas échéant nous pouvons toujours faire comme si nous n'étions au courant de rien. N'importe quoi plutôt que de continuer ainsi.

C'était ce qu'il y avait de plus raisonnable à faire, et ils retournèrent à leur point de départ. La descente fut aussi facile que de se laisser glisser le long du mât dans une caserne de pompiers.

Guidés par la corde, ils montèrent une pente légère et s'aperçurent que là aussi les fibres étaient visqueuses et glissantes sous leurs pieds nus. Enfouissant sa main sous le tapis de lianes, Orville découvrit l'existence d'un ruisseau de liquide huileux qui s'écoulait en suivant l'inclinaison.

— Qu'est-ce que c'est, à ton avis ? demanda Buddy.

— Je crois que ç'est le printemps qui arrive enfin, répondit Orville.

— Et voilà la sève... Suis-je bête ! J'aurais dû m'en apercevoir au toucher. Et l'odeur... Tu parles si je la connais, cette odeur !

— Le printemps ! s'écria Blossom. Cela signifie que nous pourrons regagner la surface !

Le bonheur est contagieux (et quoi de plus naturel pour quelqu'un d'amoureux que d'exprimer sa joie ?) et Orville leur récita un fragment de poème qui lui était venu à l'esprit :

Spring, the sweet Spring, is the year's pleasant king;
Then blooms each thing, then maids dance in a ring,
Cold doth not sting, the pretty birds do sing,
Cuckoo, jug-jug, pu-we, to-witta-wo!(1)

— Quel merveilleux poème ! s'écria Blossom, lui prenant la main et la serrant très fort.

— Quelle drôle de chose ! fit Buddy. *Cuckoo, jug-jug, pu-we, to-witta-wo !*

Tous les trois éclatèrent de rire. Le soleil, déjà, semblait briller sur eux, et les stupides paroles du vieux poème élisabéthain suffisaient à leur redonner confiance.

(1) Printemps, ô doux printemps, roi de l'année,
   Grâce à toi tout fleurit et les filles dansent la ronde,
   Le froid ne mord plus et les petits oiseaux gazouillent,
   Cuckoo, etc.

A quelque deux mille pieds au-dessus d'eux, la terre sortait de son engourdissement sous l'influence vivifiante du soleil qui venait effectivement de franchir l'équinoxe. Avant même que la neige ait fondu sur le versant sud des rochers, les feuilles géantes des Plantes s'étaient déployées pour recevoir la lumière et avaient repris leur travail.

A part le claquement des feuilles qui s'ouvraient (et cela ne dura qu'un jour), le printemps était silencieux. Il n'y avait pas d'oiseau pour chanter.

Les feuilles affamées parlèrent aux tiges, drainées de toute substance pendant le long hiver glacé du nord. Les tiges parlèrent aux racines et la sève nourricière commença de monter dans une myriade de capillaires. Là où le fin réseau avait été arraché par le passage de l'homme, la sève suintait et se répandait parmi les lianes qui tapissaient la base des racines. A mesure que s'éveillait la Plante, la sève coulait et formait de petits ruisseaux qui fusionnaient en torrents et inondaient les parties profondes des racines. Dans les creux où les capillaires étaient encore intacts, la sève était réabsorbée, mais ailleurs le niveau montait et la Plante était inondée comme un égout collecteur au moment d'un soudain dégel printanier.

Les tubercules, qui avaient mis des années à se former, atteignirent une plénitude automnale. Les filaments aériens qui formaient leur centre, recevant leur apport de nourriture du feuillage élevé, s'épaissirent jusqu'à acquérir la consistance du blanc d'œuf battu.

Dans les deux hémisphères, la Plante arrivait à la fin d'une longue saison, et c'est alors que sur la terre verdoyante, à intervalles réguliers, descendirent du ciel des sphères brillantes et si immenses que chacune, en se posant, écrasa sous elle un grand nombre de Plantes. Vu de loin, le paysage aurait pu évoquer un champ de trèfle parsemé de ballons de football gris.

Ces ballons gris restèrent quelques heures au soleil, puis livrèrent passage, grâce à des ouvertures pratiquées dans leur base, à des centaines de cils explorateurs qui se dirigèrent chacun aussitôt vers une Plante voisine et commencèrent, avec de minuscules mouvements précis et efficaces, à forer un passage à travers le tissu ligneux jusqu'au cœur de la racine tubéreuse. Lorsque la voie était ainsi ouverte, les cils se retiraient et regagnaient les ballons gris.

La moisson était en préparation.

Neil avait fait trois fois le tour de la corde qu'il avait préparée pour Buddy. Confusément, il commençait à se douter qu'il était pris à son propre piège (mais comment ? Il était encore bien en peine pour se l'expliquer). Puis, comme il l'avait redouté, il entendit Buddy qui revenait dans sa direction. Blossom et Orville parlaient avec lui, et ils riaient ! De lui, peut-être ? Il fallait qu'il se cache, mais où ? Et puis, il ne voulait pas se cacher si Blossom était là.

— Euh..., fit-il.

Ils cessèrent de rire.

— Qu'est-ce que tu fais là ? demanda Buddy.

— C'est que... Je ne sais pas. C'est cette corde... Elle ne fait que... Non, rien...

Plus il parlait, plus il s'embrouillait et plus Buddy s'impatientait.

— Bah, ça n'a pas d'importance. Viens. J'ai retrouvé Blossom. Et Orville aussi. Allons rassembler les autres à présent. Le printemps est venu. Tu as remarqué la sève ? Mais... Qu'est-ce que c'est que ça ? (Il était arrivé au point où l'extrémité de sa corde était nouée à son propre milieu.) Ça ne peut pas être l'embranchement où nous nous sommes quittés. Je m'en souviendrais si j'étais descendu par une aussi petite racine.

Neil était incapable de répliquer. S'il s'était écouté, il lui aurait flanqué un bon coup sur la tête, à ce frère trop curieux, oui, et il aurait écrabouillé la cervelle d'Orville, par la même occasion. Mais il sentait qu'il valait mieux attendre que Blossom ne soit par là, car elle risquait de ne pas comprendre. Et puis, quand on est perdu, le plus important c'est de retrouver son chemin.

Buddy, Orville et Blossom étaient en train de chuchoter. Puis Buddy demanda :

— Neil, est-ce que tu n'as pas...

— Non ! Je ne sais pas comment... C'est arrivé tout seul ! Ce n'est pas moi !

— Bougre de nigaud ! (Buddy se mit à rire.) Si on te disait de scier une branche d'arbre, tu serais capable de t'asseoir dessus du mauvais côté pour le faire. C'est toi qui as attaché ma corde en cercle, n'est-ce pas ?

— Non, Buddy, je te jure ! Je ne sais pas comment c'est arrivé...

— Et tu n'as pas pensé à prendre la tienne pour pouvoir retrouver ton chemin. Oh, Neil, comment fais-tu ? Qu'est-ce que tu fabriques toujours ?

Orville et Blossom joignirent leur rire à celui de Buddy.

— Oh, Neil ! s'écria Blossom. Neil !

Cela fit plaisir à Neil, d'entendre Blossom prononcer comme cela son nom, et il participa lui aussi à l'hilarité générale. Il était surpris de voir que Buddy et Orville ne semblaient pas en faire tout un plat. Peut-être qu'ils avaient compris que cela valait mieux pour eux !

— Il faudra nous débrouiller pour retrouver la route, fit Orville lorsque tout le monde fut calmé. Neil, veux-tu passer devant ?

— Non, répondit Neil, sérieux, en touchant le *Python* dans son étui pour se donner de l'assurance. Je suis le chef, mais j'assurerai l'arrière-garde.

Une heure plus tard, ils se retrouvèrent dans un cul-de-sac. Ils s'étaient totalement perdus. Désormais, ils ne pouvaient plus écarter les capillaires d'un simple mouvement de bras. Ils étaient résistants et gonflés de sève. Il n'y avait rien d'autre à faire que d'essayer de suivre les trouées déjà établies. Grâce aux explorations d'Anderson, il y en avait beaucoup. Trop même.

Orville résuma la situation :

— On retourne au sous-sol, mes enfants. Il faudra trouver un autre ascenseur pour monter au rez-de-chaussée.

— Qu'est-ce que tu as dit ? demanda Neil.

— J'ai dit...

— J'ai très bien entendu ce que tu as dit! Et je t'interdis d'employer ce mot, tu as compris? J'espère que tu n'oublies pas qui commande ici, hein?

— Quel mot, Neil? demanda Blossom.

— *Mes en-fants!* hurla Neil.

Neil avait toujours été capable de hurler lorsque l'occasion le demandait. Il n'était pas super-civilisé, et les instincts primaires étaient encore chez lui assez proches de la surface. Ils semblaient même de plus en plus proches.

LA REMONTÉE

Le silence, qui des mois durant avait été absolu, était brisé par le ruissellement de la sève. C'était un bruit analogue à celui de l'eau qui coule des gouttières lorsque, au début du printemps, la neige commence à fondre sur les toits.

Pendant les haltes, ils parlaient le moins possible car la phrase la plus anodine était susceptible de mettre Neil dans un état voisin de l'hystérie. Naturellement, ils se gardèrent de mentionner Anderson ou Alice, mais pour quelle raison, lorsque Buddy exprima à haute voix ses inquiétudes au sujet de sa femme et de son fils, Neil l'accusa-t-il d'être un « sale égoïste » et de ne penser qu'à la bagatelle ? Quand à son tour Orville évoqua (avec plus d'optimisme que la situation ne le justifiait à son avis) les chances qu'ils avaient de regagner la surface, Neil s'estima visé par ses allusions. Le silence semblait être de loin la meilleure politique, mais Neil ne supportait pas non plus de rester cinq minutes sans parler. Il commençait alors à se lamenter : « Si seulement nous avions emporté la lanterne, nous n'aurions pas tous ces ennuis maintenant. » Ou bien, se souvenant de l'un des thèmes favoris de son père : « Pourquoi faut-il que ce soit moi qui pense pour tout le monde ? Pourquoi ? »

Ou bien encore il sifflotait. Ses morceaux favoris étaient *Beer Barrel Polka, Red River Valley, Donkey Serenade* (qu'il ponctuait de vigoureux pom-pom), et l'air d'*Exodus*. Une fois qu'il avait entamé un de ces morceaux, il pouvait continuer pendant toute la durée de la pause. A la rigueur, cela eût été supportable s'il avait été capable de garder le même ton pendant plus de huit mesures consécutives.

Le plus à plaindre était encore Buddy. Orville et Blossom pouvaient se donner la main tandis que Neil, infatigable, attaquait sa rengaine. Ils s'embrassaient même, sans faire de bruit.

Ici, il n'y avait ni nord ni sud, ni est ni ouest. Rien que le haut et le bas. Il n'y avait pas de façon d'évaluer la distance, rien que des estimations de température et de profondeur, et leur seul repère de durée était le temps que mettait leur corps à s'écrouler, trop harassé pour pouvoir continuer sans se reposer de nouveau.

Ils ne savaient jamais s'ils étaient à la périphérie ou au centre du labyrinthe. Parfois, il devait leur arriver de grimper, par des passages déjà ouverts, jusqu'à une dizaine de mètres — et moins — de la surface, pour se retrouver bloqués dans un cul-de-sac. Il leur fallait trouver non seulement une voie mais *la* voie qui les conduirait jusqu'en haut. Faire comprendre cela à Neil se révéla au-dessus de leurs forces. Il avait paru accepter les explications de Blossom, mais lorsque plus tard Orville avait remis la question sur le tapis il avait fallu tout recommencer.

Ils étaient trempés par leur propre sueur et par la sève qui, dans les racines les moins inclinées, atteignait maintenant dix à douze centimètres de hauteur. Après avoir grimpé pendant plusieurs heures, ils avaient atteint un niveau où la température était plus supportable (les régions inférieures ressemblaient à un véritable sauna) et où l'air redevenait respirable. Orville estima qu'il faisait vingt-quatre degrés, ce qui les mettait à une profondeur probable de quatre cents mètres au-dessous de la surface du sol. Normalement, en suivant un itinéraire connu, ils auraient pu couvrir cette distance en un peu plus de trois heures. Mais ainsi, cela pouvait prendre des jours.

Orville avait espéré voir diminuer le ruissellement de la sève au fur et à mesure de leur ascension. Au lieu de cela, les conditions ne faisaient qu'empirer. A quoi était-ce dû ? Les moyens logistiques mis en œuvre par la Plante pour se ravitailler en eau étaient un mystère sur lequel il n'avait pas eu le temps de se pencher. Maintenant moins que jamais.

Il n'était pas question d'empoigner simplement une liane après l'autre et de se hisser jusqu'en haut. Il fallait se servir de ses mains comme de crochets et les insérer solidement dans les mailles du réseau végétal. On ne pouvait pas non plus se retourner pour aider celui qui venait derrière : on avait besoin de deux prises. Et c'étaient les mains qui souffraient le plus et qui lâchaient les premières. On les sentait s'ouvrir inexorablement. On espérait qu'on ne tomberait pas trop loin cette fois-ci ; puis, lorsqu'on se laissait aller, ce n'était pas si terrible que ça. On glissait gentiment sur le ventre si la pente n'était pas trop raide, ou bien on dévalait à toute allure, comme sur un toboggan, jusqu'à ce qu'on heurte avec un grand bruit quelque chose ou quelqu'un, et on n'avait plus qu'à recommencer à ramper dans l'enchevêtrement de fibres lubrifiées. On se savait capable de recommencer longtemps, et on espérait qu'au bout était la lumière.

Leur ascension durait peut-être depuis douze heures, ou deux fois douze heures. Ils s'étaient arrêtés plusieurs fois pour manger et se reposer, mais jamais pour dormir. Ils n'avaient pas dormi, en fait, depuis la nuit où Anderson était mort et où Maryann avait accouché. Maintenant, ce devait être à nouveau la nuit. Ils avaient l'esprit engourdi par le manque de sommeil.

— Une nécessité absolue, répéta Orville.

Neil n'était pas d'accord. Ils feraient une courte pause, un point c'est tout. Il craignait, s'il s'endormait le premier, qu'ils ne lui prennent son revolver. On ne pouvait pas leur faire confiance. Il prendrait seulement quelques instants de repos, pour détendre ses pauvres muscles endoloris... éreinté, voilà ce qu'il...

Il fut le premier à s'endormir, et ils ne lui retirèrent pas son arme. Cela ne les intéressait pas. Tout ce qui les intéressait, c'était dormir.

Neil avait un répertoire de rêves aussi restreint que celui de ses chansons. Il commença par son rêve de base-ball. Puis il était en train de monter l'escalier de leur vieille maison en ville. Ensuite, il rêva de Blossom. Puis il refit son rêve de base-ball, mais avec une variante : lorsqu'il ouvrit la porte du placard, son père était le premier gardien. Le sang jaillissait d'une entaille profonde au milieu de la main gantée du mort, qui s'ouvrait et se refermait, s'ouvrait et se refermait. A part cela, les rêves de Neil étaient toujours les mêmes.

Le lendemain, au bout d'une heure ou deux, ils ne sentaient plus la douleur à leurs mains mais c'était la moiteur ambiante qu'il était impossible de supporter. Leurs vêtements collaient à leurs membres ou pendaient lamentablement comme une peau morte qui n'arrive pas à se détacher.

— Nous irions bien plus vite, dit Orville, si nous n'étions pas empêtrés dans de grosses chemises.

Un peu plus tard, comme il apparaissait que l'idée ne viendrait jamais toute seule à l'esprit de Neil, Buddy ajouta :

— Si nous attachions nos chemises ensemble, manche à manche, et si nous les utilisions comme une corde, nous pourrions grimper plus vite.

— Hum, fit Neil, tu oublies qu'il y a une dame parmi nous.

— Oh! ne t'en fais pas pour moi, protesta Blossom.

— Seulement nos chemises, Neil. Ce serait comme si nous étions à la plage.

— Non! (Le ton strident s'était de nouveau insinué dans sa voix.) Ce ne serait pas *convenable*!

Une fois qu'il avait tranché, il était inutile de discuter avec lui. Il était le chef.

Sur les lieux où ils s'arrêtèrent ensuite pour se reposer et manger, la sève dégoulinait sur eux comme de grosses gouttes poisseuses annonçant un orage d'été. Le ruisseau qui coulait au milieu de chaque racine avait maintenant dépassé leurs chevilles. Dès qu'ils n'étaient plus complètement imbibés, leurs vêtements collaient à eux comme du ruban adhésif.

— Je n'en peux plus, gémit à la fin Blossom en se mettant à pleurer. Je ne peux plus supporter cela !

— Allons, un peu de cran, Miss Anderson. Hardi les cœurs !

— Supporter quoi ? demanda Neil.

— Ces vêtements, dit-elle. (Et en effet, cela faisait partie de ce qu'elle ne pouvait plus supporter.)

— Oh, elle a raison, finalement, dit Neil, qui souffrait autant que les autres. Si nous enlevons seulement nos chemises, cela ne fera de mal à personne. Passez-les moi et je les attacherai par la manche.

— Voilà une excellente idée ! approuva Orville. (Et chacun passa sa chemise à Neil.)

— Blossom ! pas *toi*, ce n'est pas convenable ! (Elle ne répondit pas. Neil émit une sorte de petit gloussement.) Enfin, puisque c'est toi qui le veux...

Le liquide qui gouttait maintenant de l'étroite fissure au-dessus de leur tête ne pouvait à proprement parler recevoir le nom de sève. Cela ressemblait plutôt à de l'eau. Ils s'en réjouirent au début, car cela les nettoyait. Mais c'était froid, beaucoup trop froid.

Les racines, à mesure qu'ils grimpaient, s'étaient rétrécies au lieu de s'élargir. Pour pouvoir y passer maintenant, ils devaient marcher à quatre pattes et ils risquaient à chaque instant de heurter la voûte du front. Ils avaient de l'eau jusqu'aux coudes.

— Je crois, fit Orville prudemment, que nous sommes en train de remonter sous le lac Supérieur. Une telle quantité d'eau ne peut pas provenir seulement de la fonte des neiges. (Il attendit que Neil proteste, puis, comme rien ne se produisait, ajouta prudemment :) Il faudrait à mon avis rebrousser chemin. En espérant que nous aurons plus de chance la prochaine fois.

Neil n'avait pas protesté pour la bonne raison qu'il n'avait pas entendu. La voix d'Orville avait été couverte par le grondement de l'eau que des hectares et des hectares de Plantes assoiffées pompaient au fond du lac. Orville leur exposa plusieurs fois sa théorie lorsqu'ils se furent retirés dans un endroit plus calme. Puis Blossom essaya.

— Ecoute, Neil. Il n'y a rien de plus simple... La

162

seule façon de nous éloigner du lac, c'est de descendre. Parce que si nous essayons de rester au niveau où nous sommes, nous pourrons aussi bien aller vers l'est — c'est-à-dire vers le centre du lac — que vers l'ouest. Si nous avions la lanterne, nous pourrions utiliser ta boussole. Mais nous ne l'avons pas. Nous pourrions aller vers le nord ou le sud en suivant la ligne du rivage, mais on ne peut pas savoir jusqu'où papa a exploré cette zone l'hiver dernier. Le seul moyen, c'est de descendre. Tu comprends ?

Orville profita de cette occasion pour dire quelques mots en privé à Buddy :

— Pourquoi insister ? Laissons-le ici, dès l'instant qu'il ne veut pas venir avec nous. S'il se noie comme un rat, ce sera de sa faute.

— Non, dit Buddy. Ce ne serait pas bien. Je veux que les choses se fassent régulièrement.

— D'accord, j'irai avec vous, déclara finalement Neil à Blossom. Mais tout ça, c'est de la foutaise. Si je vous suis, c'est pour ton bien. N'oublie pas cela.

Ils descendirent : la sève était en crue. Elle les bousculait et les séparait avec autant de désinvolture que les eaux déchaînées d'un fleuve emportent les arbres de la rive. D'impétueux courants les projetaient contre les parois des racines partout où les courbes étaient trop raides ou trop abruptes. Des journées d'escalade furent parcourues à rebours en quelques minutes.

Encore plus bas, le courant devint moins glacé, plus épais, comme un pudding qui commence à prendre consistance. Mais leur vitesse restait la même. C'était comme s'ils descendaient une piste de ski sur un morceau de carton. Du moins n'avaient-ils plus à craindre de renouveler leur erreur : il était désormais impossible de remonter le courant vers le lac.

A cette profondeur, il y avait maintenant des endroits où la sève emplissait totalement la racine. Orville, qui essayait le premier chaque nouveau passage, se laissait porter par le courant sans résister, en se contentant d'espérer. Il y avait toujours eu jusqu'à présent une racine secondaire qui venait se greffer d'en haut sur la galerie inondée, trop étroite peut-être pour leur livrer passage mais assez large pour qu'ils y passent la tête et refassent provision d'air. Rien ne disait, cependant, qu'il y en aurait une autre la prochaine fois. Ils pourraient très bien, alors, se trouver dans un cul-de-sac.

Cette crainte — que le courant les conduise à une impasse — absorbait toute leur attention. De plus en plus fréquemment, ils heurtaient au passage des réseaux de capillaires gonflés qui bordaient les galeries inexplorées. A un moment, Orville fut pris dans un de ces filets, là où la racine se partageait brusquement en deux. Buddy et Blossom, qui venaient juste après, le trouvèrent là, les jambes agitées par le simple mouvement du courant. Il avait donné de la tête contre le sommet dur qui marquait la bifurcation de la racine. Il était inconscient, peut-être mort.

Ils le tirèrent par les jambes de son pantalon, qui glissa sur ses hanches étroites. Puis Blossom et Buddy prirent chacun un pied et l'extirpèrent de là. Un peu plus loin, ils trouvèrent un endroit où la racine, dont la pente remontait légèrement, n'était qu'à moitié inondée de sève. Buddy attira Orville à lui dans une vigoureuse étreinte et commença à chasser en cadence l'eau de ses poumons. Puis Blossom essaya le bouche-à-bouche, qu'elle avait appris aux cours de secourisme.

— Que fais-tu ? demanda Neil. (Le moindre bruit nouveau le rendait nerveux.)

— Elle lui pratique la respiration artificielle, répondit Buddy avec humeur. Il est à moitié noyé.

Neil voulut vérifier. Ses doigts se glissèrent entre les bouches de Blossom et d'Orville, puis se crispèrent hermétiquement sur celle de ce dernier.

— Elle l'embrasse !

— Neil ! hurla Blossom. (Elle essaya d'écarter les doigts de son frère, mais même le désespoir ne lui communiquait pas la force nécessaire.) Tu vas le tuer !

Buddy lança son poing dans la direction probable de Neil, mais le coup dévia sur l'épaule d'Orville. Neil commença à s'éloigner en tirant derrière lui le corps inanimé.

— Et il n'a pas de pantalon, ragea-t-il.

— Il a glissé quand nous l'avons tiré. Je te l'ai dit, souviens-toi.

La brusque coupure d'oxygène après les efforts de réanimation dont il avait fait l'objet s'avéra être justement le choc dont Orville avait besoin. Il reprit connaissance.

Lorsque le corps qu'il remorquait commença à bouger, Neil épouvanté lâcha tout. Il avait cru qu'Orville était mort.

Buddy et Neil entamèrent alors un long débat sur l'opportunité de la nudité, à la fois dans le cas d'Orville et en général, par rapport aux circonstances présentes. Pour Buddy, la discussion était surtout un prétexte destiné à permettre à Orville de récupérer ses forces.

— Préfères-tu regagner la surface, demanda finalement Buddy, ou bien rester ici et périr noyé ?

— Non ! répéta Neil avec force. Ce n'est pas convenable. Non !

— Tu es obligé de choisir. Alors ? (Il était ravi de voir à quel point il pouvait manœuvrer son frère en jouant sur sa peur.) Parce que si nous remontons, nous le faisons tous ensemble, et il nous faudra bien une corde.

— Nous en avions une.

— Et tu l'as perdue, Neil.

— Non, ce n'est pas vrai. Je...

— En tout cas, c'est toi qui l'as eue le dernier, et elle a disparu. Maintenant il nous en faut une autre. Naturellement, si tu ne tiens pas à remonter... ou si tu préfères te débrouiller tout seul...

Finalement, Neil accepta.

— Mais Blossom ne le touchera pas, hein ? C'est ma sœur, et je n'accepterai pas cela. Compris ?

— Neil, tu n'as pas à t'inquiéter pour ce genre de chose tant que nous ne serons pas chez nous à l'abri, temporisa Buddy. Personne ne va...

— Et qu'ils ne s'adressent pas non plus la parole. C'est comme ça parce que je le dis. Blossom, tu marcheras devant moi, et Buddy derrière. Orville sera le dernier.

Neil, entièrement nu maintenant à l'exception de sa ceinture et de son étui, attacha bout à bout les jambes de leurs pantalons et ils se mirent en route en tenant chacun une partie de la corde improvisée. L'eau était profonde et si brûlante que la peau semblait sur le point de se détacher de leurs os, comme celle d'un poulet qui a cuit trop longtemps. Le courant faiblissait cependant, et ils avançaient plus lentement.

Ils découvrirent bientôt une racine à la pente légèrement ascendante, où le ruissellement était à peine plus marqué que lorsqu'ils l'avaient noté pour la première fois — combien de jours auparavant ? Avec lassitude, mécaniquement presque, ils reprirent leur ascension.

Blossom se souvint d'une chanson qu'elle avait apprise toute petite à l'école, sur une araignée emportée par la pluie le long d'une gouttière :

Le soleil apparut et fit sécher, sécher la pluie.
Et la petite araignée toute noire grimpa, grimpa.

Elle se mit à rire, comme elle avait ri en entendant les mots étranges du poème de Jeremiah, mais cette fois-ci elle ne put s'arrêter de rire, malgré la douleur que cela lui causait.

De tous, ce fut Buddy qui s'alarma le plus. Il se rappelait l'hiver dernier, dans la salle commune, et la façon dont certains avaient pris la fuite, dès la première fonte des neiges, en riant et en chantant hystériquement. Le rire de Blossom n'était pas tellement différent du leur.

A cet endroit, la racine s'ouvrait sur un tubercule et ils décidèrent de se reposer et de se restaurer. Orville essaya de calmer Blossom, mais Neil lui ordonna de rester à distance. La pulpe, qui était à présent à moitié liquide, coulait sur leur tête et leurs épaules comme d'énormes fientes d'oiseaux.

Neil était partagé entre l'envie de fuir là où le rire de sa sœur ne l'atteindrait plus et celle, également impérieuse, de rester pour la protéger. Il adopta un compromis en allant s'allonger sur le dos à quelques mètres de là, bien décidé toutefois à ne pas s'endormir.

Sa tête buta sur le manche de la hache que Jeremiah Orville avait laissée tomber là. Il poussa un léger cri de surprise, que personne ne remarqua. Ils étaient beaucoup trop harassés. Neil se prit la tête à deux mains et resta un long moment assis à réfléchir. L'effort le faisait loucher, bien qu'il n'y eût rien à voir dans l'obscurité implacable.

La pulpe ramollie continuait à dégouliner autour d'eux et sur eux avec de petits bruits de succion qui faisaient penser à des baisers d'enfants.

SANG ET RÉGLISSE

Sa main rencontra le cadavre allongé sur le sol. Buddy pensa aussitôt qu'il s'agissait de son père, mais il se souvint qu'il avait déjà touché une fois le même corps glacé, et la joie se substitua à l'horreur : il y avait bien un chemin ! Ils allaient enfin pouvoir sortir du labyrinthe. Il retourna vers Orville et Blossom.

— Est-ce que Neil dort ? demanda-t-il.

— S'il ne siffle plus, déclara Orville, c'est qu'il est ou endormi ou mort.

Buddy leur fit part de sa découverte.

— Cela signifie, conclut-il, que nous devons remonter par où nous avons essayé la première fois. Nous avons eu tort d'abandonner en route.

— Nous revoilà donc à notre point de départ. Mais la seule différence, fit remarquer Orville, c'est que maintenant nous avons Neil avec nous. Je me demande si nous ne ferions pas mieux d'ignorer cette différence et de le laisser ici. Nous pourrions partir tout de suite.

— Je croyais que nous étions d'accord pour laisser les autres décider de son sort.

— Nous ne le toucherons pas. Nous le laisserons presque exactement à l'endroit où nous l'avons trouvé — pris au piège qu'il t'avait tendu. De plus, si nous laissons le cadavre d'Alice en évidence, il découvrira bien tout seul que pour sortir d'ici il doit remonter par où il l'a précipitée.

— Pas mon demi-frère. Pas Neil. S'il trouvait le cadavre, il aurait simplement une frousse terrible. Quant à remonter par ses propres moyens, autant lui demander de découvrir tout seul le théorème de Pytha-gore. Je parie que même si tu essayais de lui expliquer tout ça, il ne te croirait pas.

Blossom, qui les avait écoutés dans un état proche de l'hébétude, se mit soudain à trembler de tous ses mem-bres tandis que la tension qu'elle avait si longtemps subie refluait peu à peu. C'était comme le jour où elle avait voulu nager dans le lac en avril. Elle trem-blait, et en même temps elle ressentait une raideur étrange. Puis son corps, nu et tendu, fut soudain attiré contre celui d'Orville. Elle ne sut pas si c'était lui qui était venu à elle, ou le contraire.

— Oh, mon chéri, nous allons pouvoir remonter ! Enfin ! Oh, mon amour !

La voix de Neil vrilla l'obscurité :

— J'ai tout entendu !

Bien qu'elle l'entendît venir vers eux, Blossom prolongea désespérément leur baiser, enfonçant ses ongles dans la chair d'Orville, s'accrochant à lui alors qu'il essayait de se dégager. Puis une main se referma sur sa bouche et une autre autour de son épaule, et elle se sentit brutalement séparée d'Orville. Mais cela lui était égal. Elle était ivre du bonheur d'aimer.

— Je suppose que tu lui faisais encore la respiration artificielle ? railla Neil. (C'était, peut-être, la première plaisanterie qu'il faisait avec à-propos.)

— Je l'embrassais, répondit fièrement Blossom. Nous nous aimons.

— Je te défends de l'embrasser ! hurla Neil. Je te défends de l'aimer. Je te l'interdis.

— Neil, lâche-moi.

Mais il ne desserra ses doigts que pour s'assurer une meilleure prise, et referma sa main sur elle de plus belle.

— Quant à toi... oui, toi, Jeremiah Orville, je vais te régler ton compte une bonne fois pour toutes. Oui, j'ai vu clair dans ton jeu depuis le début. Tu les as tous mis dans ta poche, peut-être, mais pas moi. J'ai compris tout de suite où tu voulais en venir. J'ai vu les regards que tu lançais à Blossom. Mais tu ne l'auras jamais. Une balle dans la tête, voilà ce que tu auras.

— Neil, lâche-moi... tu me fais mal.

— Neil..., murmura Buddy d'une voix apaisante — la voix qu'on emploie pour s'adresser à une bête terrorisée — Neil, Blossom est ta sœur. Tu parles comme si on essayait de te voler ta fiancée. Blossom est ta sœur.

— Ce n'est pas vrai.

— Que diable veux-tu dire par là?

— Je veux dire que ça m'est égal!

— Canaille!

— Orville, c'est toi? Pourquoi n'approches-tu pas, Orville? Je n'ai pas l'intention de laisser partir Blossom. Il faudra que tu viennes la chercher. Orville?

D'une secousse, il fit passer les bras de Blossom derrière son dos et lui enserra les poignets de sa main gauche. Lorsqu'elle voulut se débattre, il lui tordit les bras et la gifla de sa main libre. Quand elle parut calmée, il dégrafa le rabat de l'étui de cuir et sortit son *Python,* comme on tire un bijou de son écrin, amoureusement.

— Approche, Orville, viens voir ce que j'ai pour toi.

— Attention, il est armé, fit Buddy. Il a le revolver de mon père.

La voix de Buddy venait d'un peu plus à droite que ne l'aurait cru Neil. Il changea légèrement de position. Mais il ne s'inquiétait pas. Il avait une arme et eux pas.

— Je sais, répondit Orville.

Légèrement sur la gauche. L'intérieur de la racine était long et étroit, beaucoup trop étroit pour qu'ils pussent tenter d'opérer un mouvement tournant.

— Et j'ai quelque chose pour toi aussi, Buddy, si tu t'imagines que tu pourras m'avoir quand j'aurai écrabouillé la cervelle à ton petit copain. Je te laisse une chance de filer, Buddy. C'est une affaire entre Orville et moi. File, si tu ne veux pas que je te découpe la tête en rondelles.

— Ah oui? Avec quoi? Avec tes grosses dents de devant?

— Buddy, murmura Orville, il a peut-être trouvé la hache. Je suis descendu avec. (Il espérait qu'il ne lui demanderait pas pourquoi.)

— Neil! cria Blossom. Laisse-moi. Laisse-moi ou

bien... je ne te parlerai plus jamais. Si tu es raisonnable, nous pourrons remonter tous ensemble et oublier ce qui s'est passé.

— Mais tu ne comprends pas, Blossom. Je dois te protéger.

Il se pencha vers elle jusqu'à ce que ses lèvres touchent son épaule. Elles restèrent là un moment, incertaines, puis sa langue se mit à lécher la pulpe fruitée dont la jeune fille était couverte. Blossom réussit à ne pas crier.

— Lorsque tu seras en sécurité, je te lâcherai, je te le promets. Alors tu seras ma reine. Il n'y aura plus que nous dans le monde entier. Nous irons en Floride, où il ne neige jamais, rien que tous les deux. (Il s'exprimait avec une éloquence inhabituelle, car il avait cessé de trop penser à ce qu'il disait, et les mots sortaient de ses lèvres sans être censurés par les mécanismes de son subconscient. Sans doute, les instincts primaires qui triomphaient.) Nous nous étendrons sur la plage, et tu chanteras pendant que je sifflerai. Mais pas tout de suite, ma douce; pas tant que tu ne seras pas en sécurité. Bientôt.

Buddy et Orville semblaient avoir interrompu leur avance. On n'entendait plus que le bruit mou de la pulpe qui s'écrasait sur le sol. Neil exultait du plaisir animal d'inspirer la terreur. *Ils ont peur de moi!* pensait-il. *Peur de mon revolver!* Le poids du *Python* dans sa main, la façon dont ses doigts l'étreignaient, dont l'un d'eux effleurait la détente, lui causaient un plaisir encore plus intense que lorsque ses lèvres s'étaient posées sur l'épaule de sa sœur.

Ils avaient peur de Neil, c'était vrai. Ils entendaient sa respiration saccadée et les gémissements poignants de Blossom (qu'elle émettait à intervalles réguliers, comme une corne de brume, pour leur permettre de s'orienter), et ils demeuraient à bonne distance. Ils avaient trop de mépris pour Neil pour être disposés à risquer leur vie contre la sienne. Il devait y avoir un moyen de le prendre par surprise — de lui faire commettre une erreur.

Peut-être, réfléchit Buddy, que s'ils arrivaient à le pousser à bout il finirait par faire n'importe quoi — gaspiller sa dernière balle, par exemple, sur un bruit dans l'obscurité, ou au moins relâcher Blossom, qui devait être au bord de l'épuisement.

— Neil, chuchota-t-il. Tout le monde sait ce que tu as fait. Alice a raconté à tout le monde ce que tu as fait.

— Alice est morte, se moqua Neil.

— Son fantôme, souffla Buddy. Son fantôme est ici et il te recherche. A cause de ce que tu lui as fait.

— Bah, ce sont des histoires. Je ne crois pas aux revenants, moi.

— Et à cause de ce que tu as fait à Père. C'est atroce d'avoir agi ainsi, Neil. Il doit être terriblement fâché contre toi. Il doit te chercher aussi. Et il n'aura pas besoin d'une lanterne pour te retrouver.

— J'ai rien fait du tout !

— Ce n'est pas à Père qu'il faut dire cela. Ni à Alice. Ni à aucun d'entre nous. C'est comme cela que tu as eu le revolver, Neil. Tu l'as assassiné pour l'avoir. Assassiné ton propre père. Quel effet cela t'a-t-il fait ? Raconte-nous. Quelles ont été ses paroles au dernier moment ?

— Tais-toi ! tais-toi ! tais-toi !

Lorsque Buddy recommença à parler, Neil lança sa litanie à tue-tête tout en reculant devant la voix qui semblait s'avancer vers lui.

Puis le silence retomba, et ce fut pis. Neil se mit à meubler le vide avec ses propres mots :

— Je ne l'ai pas tué. Pourquoi l'aurais-je fait ? Il m'aimait plus que n'importe qui au monde, parce que jamais je ne l'avais laissé tomber. Quelle qu'ait été mon envie de le faire, jamais je ne suis parti. Nous étions bons copains, p'pa et moi. Et quand il est mort...

— Quand tu l'as tué...

— Quand je l'ai tué, il a dit : *A présent c'est toi le chef, Neil,* et il m'a donné son revolver. *La dernière balle est pour Orville,* il a fait. *Oui, p'pa,* j'ai répondu. *Comme tu veux, p'pa.* On était copains, lui et moi. J'ai été obligé de le faire, tu comprends ? Parce qu'il aurait marié Blossom à Orville. Il l'a dit. *Ecoute, p'pa,* je lui ai expliqué, *il faut que tu comprennes... Orville n'est pas de chez nous!* Oh, je lui ai tout expliqué soigneusement, mais il était là, allongé, sans vouloir me répondre. Il était mort. Et personne ne s'en souciait. Tout le monde le détestait, sauf moi. On était copains, p'pa et moi. Vraiment copains.

Il était évident, pour Orville, que le stratagème de Buddy avait échoué. Neil avait passé le stade où quelque chose pouvait l'atteindre. Il était de l'autre côté de la barrière.

Tandis qu'il parlait, Orville s'était prudemment rapproché de lui, palpant l'air de sa main droite aussi précautionneusement qu'une souris qui met le nez hors de son trou. Si Neil n'avait pas eu Blossom à sa merci, ou s'il n'avait pas été armé, il aurait suffi de foncer tête baissée et de le plaquer aux jambes. Mais dans le cas présent, il était obligé de le désarmer d'abord, ou au moins de faire en sorte que le coup se perde.

A en juger d'après la voix, Neil ne devait pas être loin. Il fit lentement décrire un cercle à son bras et il rencontra non pas Neil ni son revolver, mais la cuisse de Blossom. Elle ne manifesta pas le moindre frémissement. A présent, il ne serait pas difficile d'arracher son arme à Neil. La main d'Orville se tendit et se porta un peu plus à gauche. Ce devait être à peu près là.

Le métal du canon toucha le front d'Orville. Le contact était si parfait qu'il sentit le renfoncement concave de l'âme à l'intérieur d'un cercle distinct de métal froid.

Neil pressa la détente. Il y eut un cliquetis. Il pressa à nouveau la détente. Rien ne se produisit.

De longues journées d'immersion dans la sève avaient mouillé la poudre.

Neil ne comprenait pas pourquoi son revolver lui avait fait faux bond, mais après un nouveau cliquetis il n'insista pas. Le poing d'Orville, lancé vers son plexus solaire, dévia sur la cage thoracique. Neil trébucha en arrière tout en rabattant violemment sa main armée du revolver vers l'endroit où il supposait que la tête d'Orville se trouvait. La crosse heurta quelque chose de dur. Orville gémit.

Neil avait eu de la chance. Il frappa de nouveau et toucha quelque chose de mou. Aucun son, cette fois-ci. Le corps d'Orville était étendu mollement à ses pieds. Blossom avait réussi à se sauver, mais cela n'avait plus autant d'importance.

Il tira la hache de son ceinturon, où elle était passée le fer à plat contre son ventre et le manche en travers de sa cuisse gauche.

— N'approche pas, Buddy, tu m'entends? J'ai toujours ma hache.

Puis il piétina le ventre et la poitrine d'Orville, mais sans chaussures ce n'était pas assez efficace; aussi il s'assit à califourchon sur son ventre et commença à lui marteler la figure de ses poings. Il ne savait plus ce qu'il faisait. Et il riait, oh, comme il riait!

Cependant, il n'oubliait pas, de temps à autre, de faire avec sa hache quelques moulinets dans l'obscurité. « Yippie! criait-il. Yippie! »

Quelqu'un hurlait. C'était Blossom.

Le plus dur pour Buddy était de l'empêcher de retourner là-bas. Elle ne voulait pas l'écouter.

— Mais Blossom, tu ne réussiras qu'à te faire tuer! Cesse de hurler et écoute-moi un peu. (Il la secoua brutalement. Elle se calma.) Je sais ce qu'il faut faire pour l'éloigner d'Orville. Laisse-moi agir. Mais pendant ce temps, je veux que tu remontes par où nous sommes venus. Tu te souviens du chemin?

— Oui. A peu près.

— Tu feras ce que je te demande?

— Oui. Mais promets-moi de sauver Jeremiah.

— Alors, nous nous retrouvons là-haut. Maintenant, va.

Buddy souleva le corps rigide et putréfié d'Alice, qui était déjà dans ses bras lorsque Orville avait tout gâché en se jetant sur Neil comme un fou. Il fit quelques pas ainsi, dans la direction de Neil, s'arrêta, plaqua le cadavre contre sa poitrine à la manière d'une armure.

— Buddy! s'écria Neil en se redressant et en brandissant la hache. N'approche pas.

Mais Buddy continua d'avancer en émettant les mêmes bruits stupides que ceux des enfants qui jouent au fantôme dans l'obscurité d'un grenier par une nuit d'été.

— Tu ne me fais pas peur, dit Neil. Je n'ai pas peur du noir.

— Ce n'est pas moi, je le jure, fit calmement Buddy. C'est le spectre d'Alice. Elle vient te chercher. Tu ne sens pas, à l'odeur, que ce n'est pas moi ?

— Bah, c'est de la foutaise, répliqua Neil. (La plainte lugubre s'éleva de nouveau. Il ne savait pas s'il devait retourner à Orville ou s'occuper d'abord de Buddy.) Assez! hurla-t-il. Je ne supporte pas ce bruit !

Il percevait l'odeur, maintenant. C'était celle qui se dégageait du corps de son père lorsqu'il était sur le point de mourir !

Buddy mit dans le mille. Le cadavre heurta Neil de plein fouet et une main crochue lui caressa l'œil et la joue avant de lui déchirer la lèvre. Il trébucha, fendant l'air frénétiquement avec sa hache. Le cadavre émettait un horrible cri perçant. Neil aussi criait. Peut-être n'était-ce qu'un seul et même cri. Quelqu'un essayait de lui enlever sa hache! Neil la tira à lui. Il tomba et roula de côté, puis se remit debout. Il avait toujours la hache. Il la leva.

Au lieu d'Orville, il y avait quelqu'un d'autre à ses pieds. Il tâta le visage raidi, la longue chevelure, les bras enflés. C'était Alice. Elle n'était pas attachée, et elle n'avait plus de bâillon. Quelqu'un hurla. C'était Neil.

Il hurla et hurla encore pendant qu'il déchiquetait le cadavre de la vieille femme avec la hache. La tête se détacha d'un coup. D'un autre, il fendit le crâne. Il frappa le tronc à coups redoublés, mais il ne semblait pas vouloir se déchirer. A un moment, la hache dévia et lui balaya douloureusement la cheville. Il perdit l'équilibre, et le corps démembré céda sous son poids avec un bruit étrange. Il continua à s'acharner dessus avec ses ongles. Lorsqu'il n'y eut plus aucune chance pour que le fantôme le hante à nouveau, il se remit debout, respirant lourdement, et appela d'une voix empreinte d'un certain respect :

— Blossom ?

— *Je suis là.*

Ah, il savait qu'elle l'attendrait, il l'avait toujours su !

— Et les autres ?

— *Ils sont partis. Ils voulaient que je parte avec eux, mais je n'ai pas voulu. J'ai préféré rester.*

— Pourquoi es-tu restée, Blossom ?

— *Parce que je t'aime.*

— Moi aussi je t'aime, Blossom. Je t'ai toujours aimée. Depuis que tu étais toute petite.

— *Je sais. Nous partirons ensemble.* (Sa voix chantait à ses oreilles, le caressait, berçait son cerveau fatigué.) *Quelque part très loin, où personne ne pourra nous trouver. En Floride. Nous vivrons ensemble, rien que toi et moi, comme Adam et Eve.* (La voix se fit plus nette, plus forte et plus merveilleuse.) *Nous descendrons le Mississippi en radeau, rien que toi et moi. Jour et nuit.*

— Oh ! fit Neil, ébloui par cette vision. (Il se mit à avancer vers la merveilleuse voix musicale.) Oh ! continue !

Il marchait en rond.

— *Je serai la reine et tu seras mon roi, et il n'y aura personne d'autre que nous au monde.*

La main de Neil rencontra sa main. La main de Neil était tremblante.

— *Embrasse-moi,* dit-elle. *N'est-ce pas ce que tu as toujours désiré ?*

— Oui. (Ses lèvres cherchèrent les siennes.) Oh, oui !

Mais sa tête, et par conséquent ses lèvres, n'étaient pas où elles auraient dû se trouver. Elles n'étaient pas rattachées au reste du corps. Finalement, il trouva la tête à quelque distance de là. Les lèvres qu'il embrassa avaient un goût de sang et de réglisse.

Et pendant quelques jours, il satisfit ses désirs refoulés depuis un grand nombre d'années sur la tête d'Alice Nemerov, N.R.

ENFIN CHEZ SOI

Parfois la distance est le meilleur remède et pour récupérer il suffit d'avancer toujours. D'ailleurs, si l'on s'arrête, on n'est jamais sûr de pouvoir repartir. Et ils n'avaient pas le choix : il *fallait* qu'ils continuent à grimper. Aussi continuèrent-ils.

Ce fut plus facile cette fois-ci. Peut-être du fait du contraste entre une certitude (certitude à condition qu'ils ne glissent pas, mais ce danger-là avait cessé depuis longtemps d'influer sur leurs surrénales) et la présence, distincte sinon admise, de la mort qui avait pesé sur tous ces derniers jours; en sorte que leur ascension fut en même temps une résurrection.

Il ne subsistait plus maintenant qu'une seule anxiété, c'était celle de Buddy. Mais elle fut vite dissipée car après moins d'une heure d'escalade ils atteignirent leur base de départ, et Maryann les attendait. La lanterne brûlait encore; ils recouvrèrent la vue, et lorsqu'ils se virent, crottés comme ils étaient, couverts d'ecchymoses et de sang, les larmes leur montèrent aux yeux et ils rirent comme des enfants à un repas d'anniversaire. Le bébé allait bien, tout le monde allait très bien.

— Vous voulez monter tout de suite à la surface? Ou préférez-vous vous reposer?

— Tout de suite, fit Buddy.

— Nous reposer, dit Orville. (Il venait de découvrir que son nez était cassé. Un nez si droit, si fin et dont il était si fier. Est-ce que c'est très laid? demanda-t-il à Blossom.

Elle secoua mélancoliquement la tête en l'embrassant sur le nez, mais ne voulut pas répondre. Elle n'avait pas prononcé un seul mot depuis ce qui s'était passé en bas, et lorsque Orville essaya de lui rendre son baiser elle détourna la tête.

Buddy et Maryann s'éloignèrent un peu pour être seuls.

— C'est qu'il paraît tellement plus gros, fit remarquer Buddy en tenant son fils à bout de bras. Combien de temps sommes-nous restés absents?

— Trois jours et trois nuits. Cela m'a semblé très long, parce que je ne pouvais pas dormir. Les autres sont tous montés à la surface. Ils n'ont pas voulu attendre. Mais je savais que tu reviendrais. Tu me l'avais promis. Tu te rappelles?

— Mmm, fit-il en lui prenant la main pour l'embrasser.

— Greta est revenue.

— Cela ne fait plus de différence pour moi. Plus maintenant.

— C'est à cause de toi qu'elle est revenue. Elle me l'a dit. Elle prétend qu'elle ne peut plus vivre sans toi.

— Elle a eu le toupet de te dire cela?

— Elle est... différente. Tu verras. Elle n'est pas dans la racine où j'ai attendu, mais dans celle du dessus. Viens, je vais te conduire à elle.

— A t'entendre, on dirait que tu désires que je me remette avec elle.

— Je désire ce que tu désires, Buddy. Puisque Neil est mort, tu peux en faire ta seconde femme, je n'y verrai pas d'objection... Si c'est ce que tu veux.

— Mais je ne veux rien de semblable, à la fin! Et la prochaine fois que je te dis que je t'aime, tu ferais mieux de me croire sur parole, c'est pigé?

— C'est pigé, fit-elle de sa petite voix de souris soumise, où perçait peut-être un infime soupçon de moquerie. Mais j'aimerais que tu la voies quand même. Parce qu'il faudra que tu trouves un moyen de la faire remonter. Mae Stromberg est revenue aussi, mais elle est en haut avec les autres. Elle a plus ou moins perdu la raison. Elle avait toujours son petit Denny avec elle. Ce qu'il en restait. Des os, surtout. Voilà la racine. Greta est à l'autre bout. Je reste ici avec la lanterne, elle préfère l'obscurité.

Buddy commença à flairer l'astuce. Bientôt, pénétrant plus avant dans la galerie, il flaira pire. Un jour qu'il traversait en voiture une bourgade du Minnesota spécialisée dans la conserverie des petits pois, il y avait eu dans l'air une odeur similaire.

— Greta ? appela-t-il.

— Buddy, c'est toi, Buddy ? (C'était bien la voix de Greta, mais son timbre semblait subtilement altéré, les consonnes étaient éraillées et sans netteté.) Tu vas bien, Buddy ? Ne t'approche pas, reste où tu es, je... (La voix s'étrangla, et lorsque Greta parla de nouveau ce fut d'une manière liquide, inarticulée, comme un enfant qui a la bouche pleine de bouillie :) D'aibe douillours, je n'abbardiens qu'à doi... Bardonne-moi. Tout beut regommenzer gomme aillant... rien que nous deux, gomme Adam et Yèbe.

— Greta, qu'est-ce que tu as ? Tu es malade ?

— Non. Je... (On entendit un gargouillement sonore.) J'ai juste un peu faim. Ça m'arrive de temps en temps. Maryann m'apporte à manger ici, mais il n'y en a jamais assez. Buddy, *elle essaye de me faire mourir de faim !*

— Maryann ! appela Buddy. Amène la lanterne ici.

— Non, non ! protesta Greta. Il faut me répondre d'abord, Buddy. Il n'y a plus rien qui nous sépare maintenant. Maryann m'a dit que si tu voulais... Non... va-t'en ! La lumière me fait mal aux yeux.

Il y eut un clapotement sourd et un bruit de succion, comme lorsqu'on fait un mouvement trop brusque dans une baignoire pleine, et un déplacement d'air libéra de nouveaux miasmes.

Maryann tendit à son mari la lanterne blafarde qu'il éleva au-dessus de la fosse pestilentielle où l'énorme corps de Greta Anderson s'était enfoncé sous l'action de son propre poids. La gigantesque forme avait perdu tout caractère humain : c'était une masse de chair flasque et adipeuse sans contour défini. Les traits du visage étaient dévorés par des replis de graisse pendante, comme un portrait à l'aquarelle qui aurait séjourné sous une pluie battante. Ce visage se mit à remuer de droite à gauche puis de gauche à droite, provoquant une série de tremblements gélatineux — en signe de dénégation, pour autant qu'on pût en juger.

— Elle ne peut plus bouger, expliqua Maryann, et elle est trop lourde pour qu'on la soulève. Les autres l'ont trouvée en cherchant Blossom, et ils l'ont tirée jusqu'ici avec des cordes. Je leur ai dit de la laisser là parce qu'elle a besoin que quelqu'un s'occupe d'elle. Je lui apporte toute sa nourriture. Ce n'est pas une mince affaire.

La masse de chair tremblotante s'agita de plus belle, et un semblant d'expression apparut sur son visage. De la haine, peut-être. Puis une ouverture ovale se dessina au milieu, une bouche, et la voix de Greta en sortit :

— Vous me dégoûtez ! *Aillez-vou-ch'en !*

Pendant que Blossom et les hommes se reposaient, Maryann confectionna une sorte de harnais et réussit même, malgré les protestations bruyantes de l'intéressée, à le passer autour de Greta. Puis elle emplit d'une nouvelle moisson de pulpe le panier à linge qu'elle avait sauvé de l'incendie de la salle commune. Si elle ne faisait pas cela pour Greta toutes les heures, celle-ci commençait à ramasser des poignées de la fange qui l'entourait et à les fourrer dans ce qui lui servait de bouche. Elle ne semblait plus s'apercevoir de la différence, mais ce n'était pas le cas de Maryann, et c'était surtout pour elle-même que cette dernière refaisait régulièrement le plein du panier. Lorsque Greta avait englouti suffisamment de pulpe, elle était généralement bonne, comme en ce moment, pour quelques instants de conversation, ce dont Maryann lui avait su gré pendant ses longues heures d'attente dans l'obscurité. Comme Greta elle-même le lui avait fait remarquer dans un de ses moments de sobriété :

— Le plus dur à supporter, c'est l'ennui. C'est cela qui m'a mise dans cet *état*.

En cet instant même, toutefois, elle était engagée dans une discussion moins sérieuse :

— Il y a un autre film, dont j'ai oublié le nom, où elle tient le rôle d'une jeune fille pauvre, avec ce drôle d'accent, et où Laurence Harvey est un étudiant en médecine qui tombe amoureux d'elle. A moins que ce ne soit Rock Hudson. Et elle le tenait dans le creux de sa main, quasiment. Il aurait fait n'importe quoi pour elle. Je ne me rappelle plus la fin. Mais il y en avait un autre que j'aimais encore plus, avec James Stewart — tu te souviens de James Stewart? — et où ils vivaient dans une magnifique demeure de San Francisco. Oh! j'aurais voulu que tu voies les toilettes qu'elle avait. Et ses cheveux! Je suis persuadée que c'était la plus belle femme du monde. Et à la fin elle tombe du haut d'une tour. Je *crois* que cela finissait ainsi.

— Tu as dû voir à peu près tous les films de Kim Novak, fit placidement Maryann tout en donnant le sein à son bébé.

— En tout cas, s'il y en a que j'ai ratés, je n'en ai jamais entendu parler. Je voudrais bien que tu desserres un peu ces cordes. (Mais Maryann ne répondait jamais à ses lamentations.) Il y en a un où elle joue le rôle d'une sorcière. Mais pas du tout comme on imagine. Elle avait un appartement dans Park Avenue, ou un endroit comme ça. Et le plus adorable des chats siamois.

— Oui. Je crois que tu m'as déjà parlé de celui-là.

— Mais pourquoi est-ce que c'est toujours moi qui fais les frais de la conversation? J'ai dû te raconter à peu près tous les films que j'ai vus dans ma vie.

— Je n'en ai pas vu beaucoup.

— Crois-tu qu'elle soit encore en vie?

— Qui? Kim Novak? Non, cela m'étonnerait. Nous devons être les tout derniers. C'est ce que dit Orville.

— J'ai encore faim.

— Tu viens de manger. Tu ne peux pas attendre que Buddy ait fini de téter?

— J'ai *faim*, te dis-je! Crois-tu que cela m'amuse?

— Oh, très bien!

Maryann prit le panier par l'unique anse qui lui restait et s'éloigna vers un secteur plus fourni de la racine. Une fois plein, le panier devait peser dix kilos ou plus.

Lorsqu'elle n'entendit plus Maryann à proximité, Greta éclata en sanglots.

— Oh, mon Dieu, comme je déteste cela ! Comme je la hais ! Oh, j'ai si faim !

Sa langue espérait le contact de la bienfaisante lavasse au goût de réglisse exactement comme un fumeur habitué à ses trois paquets par jour attend sa ration de nicotine le matin où il n'a plus de cigarettes.

Elle fut incapable d'attendre le retour de Maryann. Lorsqu'elle eut calmé une partie de sa faim, elle cessa d'enfourner des poignées d'immondices et se lamenta tout haut dans l'obscurité :

— Oh, mon Bieu, comme je be yais ! Comme je be fais yonte !

A grand-peine, ils hissèrent Greta, ne s'arrêtant pour se reposer que lorsqu'ils eurent atteint la racine supérieure où ils avaient passé la première nuit de leur hiver souterrain. La relative fraîcheur de l'endroit contrastait agréablement avec l'atmosphère de serre étouffante qui régnait dans les régions inférieures. Le silence de Greta fut accueilli avec un soulagement au moins égal. Pendant toute son ascension, elle n'avait cessé de se plaindre que le harnais l'étranglait, qu'elle était prise dans des lianes qui l'écartelaient et qu'elle allait mourir de faim. Dans chaque racine successive où elle passait, elle engouffrait des quantités de pulpe à une vitesse prodigieuse.

Orville estima qu'elle pesait dans les quatre cents livres.

— Oh ! bien plus, fit Buddy. Tu es indulgent avec elle.

Ils n'auraient jamais pu la hisser si haut si la sève qui enduisait les parois des racines n'avait joué le rôle d'un lubrifiant efficace. Le problème maintenant était de lui faire franchir les quelque dix derniers mètres à pic de la racine principale. Buddy proposa d'établir un système de poulies, mais Orville craignait que les cordes dont ils disposaient ne pussent supporter le poids de Greta.

— Et même si elles résistaient, comment la ferions-nous passer par l'ouverture de la tige ? En décembre dernier, c'est tout juste si Maryann a pu s'y faufiler !

— L'un de nous devra redescendre chercher la hache.

— L'un de nous? Alors que nous sommes si près de voir le soleil? Non, laissons-la plutôt ici, où elle a toute la nourriture voulue à sa portée, et continuons seuls. Plus tard, si tu veux, il sera toujours temps de jouer les bons Samaritains.

— Buddy, qu'est-ce que c'est que ce bruit? demanda Maryann. (Cela ne lui ressemblait pas, d'interrompre quelqu'un.)

Ils tendirent l'oreille, redoutant à l'avance ce qu'ils allaient entendre. Une rumeur grinçante, un bourdonnement sourd leur parvinrent, moins distinctement que lorsque la sphère de métal avait essayé de se frayer un passage à l'entrée de la grotte, mais ils étaient beaucoup plus loin, d'une part et d'autre part, la résistance opposée à la chose ne semblait pas aussi grande. Le bourdonnement s'amplifia; puis il y eut un bruit de siphon, comme une piscine qui se vide.

Quelle que fût cette chose, elle était maintenant dans la racine avec eux.

Avec une fureur aussi soudaine que leur terreur, un vent impétueux se leva et les plaqua à genoux sur le sol. Des gerbes de fruit liquide s'arrachèrent du sol et des parois et cascadèrent de la voûte; le vent balaya la crête des vagues successives vers l'extrémité opposée de la racine, comme de la mousse de savon emportée par le souffle d'un ventilateur. A la lueur de la lanterne, ils ne voyaient rien d'autre que des flocons blancs d'écume volante. Maryann serra convulsivement son enfant contre son sein après une rafale qui avait failli le lui arracher des bras. Aidée par Buddy, pliant sous le vent, elle gagna l'abri relatif d'une racine secondaire qui débouchait à quelque distance de là.

Il restait à Orville à tenter d'opérer le sauvetage de Greta. Mais c'était sans espoir. Même dans des circonstances normales, il aurait eu toutes les peines du monde à la remorquer sur le sol glissant du tubercule. Seul, avec le vent contre lui, il ne put la faire bouger. En fait, elle semblait se déplacer insensiblement vers le centre d'attraction en même temps que la pulpe du fruit. Après une troisième et ultime tentative, il céda volontiers aux supplications muettes de Blossom, et ils rejoignirent Buddy et Maryann dans leur racine.

La masse énorme de Greta glissa en avant, accompagnée par des plaques entières de fruit. Miraculeusement, la lanterne qui lui avait été confiée pendant la durée de la pause brûlait toujours. Elle brûlait même d'un éclat plus vif.

Malgré l'état de plus en plus voilé de sa vision, Greta eut la certitude, durant ses derniers instants de lucidité, d'apercevoir une gigantesque gueule palpitante, d'un incarnat rosé, devant laquelle apparaissait une grille écarlate et scintillante. La grille grossissait à une vitesse inquiétante. Puis Greta se sentit tout entière aspirée par le tourbillon. Pendant un bref instant d'apesanteur elle se sentit jeune à nouveau, et elle percuta la grille avec un bruit mat comme une poche d'eau en plastique tombant d'une grande hauteur.

Dans la racine, ils entendirent distinctement le bruit écœurant. Maryann se signa, et Buddy murmura quelque chose d'indistinct.

— Qu'est-ce que tu as dit? demanda Orville en criant.

La tempête avait atteint son point culminant et même ici ils devaient s'agripper aux lianes de toutes leurs forces pour éviter d'être aspirés à l'intérieur du tubercule principal.

— Je dis qu'il y aura des vers dans le cidre ce soir! lui cria Buddy à son tour.

— *Quoi?*

— *Des vers!*

Le bourdonnement grinçant, qui avait disparu ou été couvert pendant la tempête, reprit; et aussi brusquement qu'il s'était levé, le vent cessa. Lorsque la rumeur eut baissé jusqu'à un niveau rassurant, les cinq humains regagnèrent le tubercule. Malgré l'absence de la lanterne, le changement était évident : le sol avait baissé de plusieurs pieds, leurs voix se répercutaient sur les parois lisses comme de la pierre, et même l'écorce dure du fruit avait été détachée. Au centre de cet espace considérablement plus vaste, à peu près à hauteur de leur tête, une sorte d'énorme tuyau émergeait de la racine supérieure qui communiquait avec la leur. Ce tuyau était tiède au toucher et était animé d'un mouvement régulier — vers le bas.

— C'est une sorte d'aspirateur, dit Orville. On peut dire qu'il a fait place nette. Il ne reste pas de quoi nourrir une souris.

— Les moissonneurs sont arrivés, déclara Buddy. Qu'est-ce que tu croyais ? Qu'ils allaient planter toutes ces patates pour les laisser pourrir ?

— Hum, nous ferions mieux de monter à la surface pour voir à quoi ressemble l'agriculteur Mac Gregor.

Mais ils étaient étrangement réticents à l'idée de quitter le tubercule drainé. Une brume élégiaque avait fondu sur eux.

— Pauvre Greta ! dit Blossom.

Ils se sentirent tous mieux lorsqu'une brève prière eut été prononcée. Greta était morte, et l'ancien monde tout entier semblait être mort avec elle. Ils savaient que le monde qu'ils allaient trouver maintenant ne serait plus jamais le même que celui qu'ils laissaient derrière eux.

L'EXTINCTION DE L'ESPÈCE

De la même manière qu'un ver qui chemine à travers une pomme peut penser que la pomme, dans son intrinsèque substance, est simplement constituée des quelques éléments absorbés par son maigre corps alors qu'en fait il est tout entier contenu dans le fruit, que son passage n'a amoindri en rien, de même les cinq êtres émergeant des profondeurs du sol après un long cheminement dans le dédale de leurs maux spécifiquement humains ignoraient l'existence de ce mal plus grand et omniprésent que nous appelons la réalité extérieure. Le mal existe partout, mais nous ne voyons que ce qui est sous notre nez et nous ne retenons que ce qui est passé par notre ventre.

Les sphères de métal gris, gorgées de pulpe du fruit, s'étaient éloignées d'une terre qui n'était plus verte. Puis, tels des primitifs assainissant leurs champs, les machines qui servaient les agriculteurs étrangers transformèrent cette terre en bûcher. Les hautes tiges de la Plante se consumèrent, et le spectacle avait la grandeur d'une civilisation en train de s'écrouler. Les quelques humains qui restaient se réfugièrent une nouvelle fois dans les profondeurs du sol. Quand ils émergèrent de nouveau, le noir manteau qui flottait sur la terre carbonisée leur fit accueillir avec gratitude l'éclipse totale du soleil.

Puis le vent se mit à souffler du lac et le manteau s'évanouit pour révéler de lourds cumulus. Les pluies arrivèrent. L'eau pure éclaircit les cieux nettoya leurs corps et se perdit dans la terre noire.

Le soleil se montra et fit sécher la pluie, et leurs corps resplendirent dans la chaleur ténue d'avril. Si la terre était noire, le ciel était bleu et la nuit il y avait des étoiles — Deneb, Véga, Altaïr — plus brillantes que dans leur souvenir. Véga, en particulier, brillait d'un éclat intense. Dans la fausse aurore, un mince filet de lune se leva à l'est. Plus tard, le ciel s'éclairerait et le soleil ferait une fois de plus son apparition.

Tout cela leur semblait très beau, car ils croyaient que le cours naturel des choses — naturel, c'est-à-dire le leur — était sur le point d'être restauré.

Ils envoyèrent des expéditions dans les profondeurs de la Plante pour tenter de récupérer des restes de fruit oubliés par les moissonneurs. De tels restes étaient rares, mais ils existaient. En se rationnant au maximum, ils pouvaient espérer survivre au moins jusqu'à la fin de l'été. En attendant, ils avaient aussi l'eau et les herbes du lac, et dès que la température se réchaufferait ils avaient l'intention de descendre le Mississippi vers les terres plus clémentes du Sud. Ils avaient l'espoir que l'océan ne serait pas déjà stérile.

Le lac était mort. Tout au long des rives carbonisées, des monceaux de poissons pourris se dressaient. Trouver l'océan dans le même état — cela leur paraissait impensable.

Ils espéraient de tout leur cœur que la planète avait réussi à survivre; que quelque part, des graines étaient en train de germer, rescapées comme eux, et que la Terre fleurirait un jour à nouveau.

Mais leur espoir principal, celui sans lequel tous les autres étaient vains, était que la Plante avait eu sa saison, et que cette saison, bien que longue, était maintenant révolue. Les sphères grises étaient parties une fois accompli le viol de la planète, le feu avait brûlé le chaume, et la Terre allait maintenant s'éveiller du cauchemar d'une seconde création. C'était là leur espoir.

Puis, partout en même temps, la terre se couvrit d'un tapis du plus riche vert. Les pluies qui avaient chassé du ciel les nuées noires de l'incendie avaient aussi apporté les milliards de spores du second ensemencement. Comme tous les hybrides, la Plante était stérile et ne pouvait se reproduire. La nouvelle récolte devait être plantée.

Deux jours plus tard, la Plante arrivait déjà à hauteur de la cheville.

Les survivants dispersés sur la morne uniformité de la plaine verdoyante évoquaient les silhouettes d'une gravure de la Renaissance illustrant les propriétés de la perspective. Les trois silhouettes les plus rapprochées, vues d'une certaine distance, composaient une sorte de sainte Famille; mais en les examinant de plus près on constatait que leurs visages reflétaient autre chose qu'une heureuse sérénité. La femme assise à terre, en effet, pleurait amèrement, et l'homme à genoux derrière elle, les mains posées sur ses épaules comme pour la réconforter, avait de la peine à retenir ses larmes. Leur attention était fixée sur l'enfant décharné qui tétait inutilement le sein tari de sa mère.

Un peu à l'écart était une autre silhouette — ou faudrait-il dire deux? — sans rappel iconographique, si ce n'est peut-être une Niobé pleurant ses enfants morts. Mais alors que Niobé est généralement représentée seule ou entourée de ses quatorze enfants, cette femme tenait dans ses bras un unique squelette d'enfant. Il était âgé d'une dizaine d'années lorsqu'il était mort. La chevelure rousse de la femme offrait un violent contraste avec le vert environnant.

Presque à l'horizon, on voyait un homme et une femme, nus, se tenant par la main, souriants. Sans aucun doute étaient-ce Adam et Eve avant la Chute, bien qu'ils eussent l'air sensiblement plus maigres qu'on ne les représente en général. De plus, ils étaient assez mal assortis quant à l'âge. Il avait quarante ans bien comptés, elle n'était qu'une adolescente. Ils marchaient en direction du sud, et de temps à autre ils échangeaient quelques mots.

La jeune femme, par exemple, tournait la tête vers son compagnon en disant :

— Tu ne nous as jamais parlé de ton acteur préféré.
Et l'homme répondait :
— David Niven. J'ai toujours eu un faible pour David Niven.
Et quel merveilleux sourire ils échangeaient alors !
Mais ces silhouettes étaient très, très petites. Le paysage les dominait entièrement. Il était vert et plat, et il paraissait sans fin. Quelque vaste qu'il fût, la Nature — ou l'Art — ne lui avait consacré que peu d'imagination. Même lorsqu'on l'examinait de très près, il présentait un aspect des plus monotones. Sur chaque mètre carré de terrain, des centaines de plants poussaient, chacun exactement pareil aux autres, aucun n'empiétant hors de son domaine.

La Nature est prodigue. Sur une centaine de plants, un ou deux seulement survivraient; sur une centaine d'espèces, une ou deux.

Mais pas l'homme.

Voyez, la lune même n'est pas brillante,
et les étoiles ne sont pas pures à ses yeux.
Combien moins l'homme, qui n'est qu'un ver,
et le fils de l'homme, qui n'est qu'un vermisseau !

Job 25, 5-6

J'ai Lu Cinéma

*Une centaine de romans J'ai Lu ont fait l'objet
d'adaptations pour le cinéma ou la télévision.
En voici une sélection.*

Demandez à votre libraire le catalogue semestriel gratuit.

ANDREVON Jean-Pierre
Cauchemar... cauchemars! (1281★★)
*Répétitive et différente, l'horrible réalité,
pire que le plus terrifiant des cauchemars.
Inédit.*

ARSENIEV Vladimir
Dersou Ouzala (928★★★)
*Un nouvel art de vivre à travers la steppe sibé-
rienne.*

BENCHLEY Peter
Dans les grands fonds (833★★★)
*Pourquoi veut-on empêcher David et Gail de
visiter une épave sombrée en 1943?*
L'île sanglante (1201★★★)
*Un cauchemar situé dans le fameux Triangle
des Bermudes.*

BLIER Bertrand
Les valseuses (543★★★★)
*Plutôt crever que se passer de filles et de
bagnoles.*
Beau père (1333★★)
*Il reste seul avec une belle-fille de 14 ans,
amoureuse de lui.*

BRANDNER Gary
La féline (1353★★★)
*On connaît les loups-garous mais une femme
peut-elle se transformer en léopard?*

CAIDIN Martin
Nimitz, retour vers l'enfer (1128★★★)
*Le super porte-avions Nimitz glisse dans une
faille du temps. De 1980, il se retrouve à la
veille de Pearl Harbor.*

CHAYEFSKY Paddy
Au delà du réel (1232★★★)
*Une terrifiante plongée dans la mémoire
génétique de l'humanité. Illustré.*

CLARKE Arthur C.
2001 - L'odyssée de l'espace (349★★)
*Ce voyage fantastique aux confins du cosmos
a suscité un film célèbre.*

CONCHON, NOLI et CHANEL
La Banquière (1154★★★)
*Devenue vedette de la Finance, le Pouvoir et
l'Argent vont chercher à l'abattre.*

COOK Robin
Sphinx (1219★★★★)
*La malédiction des pharaons menace la vie
et l'amour d'Erica. Illustré.*

CORMAN Avery
Kramer contre Kramer (1044★★★)
*Abandonné par sa femme, un homme reste
seul avec son tout petit garçon.*

COVER, SEMPLE Jr et ALLIN
Flash Gordon (1195★★★)
*L'épopée immortelle de Flash Gordon sur la
planète Mongo. Inédit.*

DOCTOROW E.L.
Ragtime (825★★★)
*Un tableau endiablé et féroce de la réalité
américaine du début du siècle.*

FOSTER Alan Dean
Alien (1115★★★)
Avec la créature de l'Extérieur, c'est la mort qui pénètre dans l'astronef.
Le trou noir (1129★★★)
Un maelström d'énergie les entraînerait au delà de l'univers connu.
Le choc des Titans (1210★★★)
Un combat titanesque où s'affrontent les dieux de l'Olympe. Inédit, illustré.
Outland... loin de la terre (1220★★)
Sur l'astéroïde Io, les crises de folie meurtrière et les suicides sont quotidiens. Inédit. Illustré.

GROSSBACH Robert
Georgia (1395★★★)
Quatre amis, la vie, l'amour, l'Amérique des années 60.

GANN Ernest K.
Massada (1303★★★★)
L'héroïque résistance des Hébreux face aux légions romaines.

HALEY Alex
Racines (2 t. 968★★★★ et 969★★★★)
Ce triomphe mondial de la littérature et de la TV fait revivre le drame des esclaves noirs en Amérique.

ISHERWOOD Christopher
Adieu à Berlin (1213★★★)
Ce livre a inspiré le célèbre film Cabaret.

JONES John G.
Amityville II (1343★★★)
L'horeur semblait avoir enfin quitté la maison maudite; et pourtant... Inédit.

KING Stephen
Shining (1197★★★★)
La lutte hallucinante d'un enfant médium contre les forces maléfiques.

RAINTREE Lee
Dallas (1324★★★★)
Dallas, l'histoire de la famille Ewing, au Texas, célèbre au petit écran.
Les maîtres de Dallas (1387★★★★)
Amours, passions, déchaînements, tout le petit monde du feuilleton "Dallas".

RODDENBERRY Gene
Star Trek (1071★★)
Un vaisseau terrien seul face à l'envahisseur venu des étoiles.

SAUTET Claude
Un mauvais fils (1147★★★)
Emouvante quête d'amour pour un jeune drogué repenti. Inédit, illustré.

SEARLS Hank
Les dents de la mer - 2e partie (963★★★)
Le mâle tué, sa gigantesque femelle vient rôder à Amity.

SEGAL Erich
Love Story (412★)
Le roman qui a changé l'image de l'amour.
Oliver's story (1059★★)
Jenny est morte mais Oliver doit réapprendre à vivre.

SPIELBERG Steven
Rencontres du troisième type (947★★)
Le premier contact avec des visiteurs venus des étoiles.

STRIEBER Whitley
Wolfen (1315★★★★)
Des êtres mi-hommes mi-loups guettent leurs proies dans rues de New York. Inédit, illustré.

YARBRO Chelsea Quinn
Réincarnations (1159★★★)
La raison chancelle lorsque les morts se mettent à marcher. Inédit, illustré.

Editions J'ai Lu, 31, rue de Tournon, 75006 Paris

diffusion
France et étranger : Flammarion, Paris
Suisse : Office du Livre, Fribourg
diffusion exclusive
Canada : Éditions Flammarion Ltée, Montréal

Achevé d'imprimer sur les presses de l'imprimerie Brodard et Taupin
7, Bd Romain-Rolland, Montrouge. Usine de La Flèche,
le 10 janvier 1983
1884-5 Dépôt Légal janvier 1983. ISBN : 2 - 277 - 21421 - 3
Imprimé en France